真理无须修饰，

美从它的起点就注定了裸露。

文爱艺

出版说明

本书是深受读者喜爱的著名诗人文爱艺的最新诗歌选集，
共收录抒情诗、散文诗135首。
此次出版诗人做了精心的删修和补充，
在编排上更为细致，使本书更趋完美。
青春的眷念，爱情的歌咏，岁月的思考，社会的批判，都深深烙着独特的生命体验。
诗人以自然清新的诗风，与读者平等亲切的交流，因此畅销不衰。
诗中，抒发了诗人的热情、梦想、愤怒、忧郁、柔情、痛苦、欢乐、希望和哀伤……
您将获得诗人真诚火热的心所给予的力量。
本书是您馈赠或收藏的理想读物。

Méditation dans le monde（油画） 谭冬

文爱艺诗集

2012　作家出版社

文爱艺

当代著名作家、诗人、翻译家,生于湖北省襄阳市;

从小精读古典诗词,十四岁开始发表作品。作品收入国内外六十多家大型报刊及选集;著有《春祭》《梦裙》《夜夜秋雨》(2版)《太阳花》(9版)《寂寞花》(4版)《雨中花》《温柔》《独坐爱情之外》《梦的岸边》《流逝在花朵里的记忆》《生命的花朵》《长满翅膀的月亮》《伴月星》《一帘梦》《雪花的心情》《来不及摇醒的美丽》《成群结队的梦》《文爱艺·爱情诗集》(2版·插图本)《病玫瑰》《文爱艺诗歌精品赏析集》(3卷)《文爱艺抒情诗集》《文爱艺散文诗集》《文爱艺全集》(1~4卷·数字版)等50部诗集,深受读者喜爱,再版不断。

部分作品被译成英语、法语、世界语等文,现主要致力于系列小说的创作。

译有《勃朗宁夫人十四行爱情诗集》(插图本)《亚当夏娃日记》(插图本)《柔波集》(插图本)《恶之花》(全译本·赏析版)《风中之心》《奢侈品之战》《沉思录》(插图本)《箴言录》(插图本)《思想录》《古埃及亡灵书》《灵魂之书》《一个孩子的诗园》《天真之歌》《经验之歌》《亚瑟王传奇》《墓畔挽歌》等经典名著及其他著作。

编著有《离骚》《花之魂(日本版画)》《中国风俗百图》《道德经》《金刚经》《心经》《茶经》《酒经》《诗二十四品》;《经典书库》《新诗金库》《品质书库》《品质诗库》等书。

另出版有《当代寓言大观》(4卷)《当代寓言名家名作》(9卷)《开启儿童智慧的100个当代寓言故事》等少儿读物。

序诗

文爱艺

这些小花
开在人迹罕至的荒野
我把它采撷结集
奉献给你

清露闪现在寂寞里
月光明亮在孤独中
万物生长
惟有利人的气息芬芳

我选择天然的花
它在自然里成长
没有故弄玄虚的色彩
在真实的悲喜中枯荣

草于 2012 年 6 月 6 日

目 录

009　　序诗

021　　序

035　　卷 一

　　　　037　　四季诗语
　　　　040　　夏日的挽歌
　　　　042　　雪花的心情……
　　　　043　　像流动的水纹……
　　　　045　　从地表升起……
　　　　046　　月色苍凉……
　　　　047　　月光
　　　　048　　春天是从泥泞中……
　　　　049　　日全食
　　　　051　　风在无人处停止……
　　　　052　　草原在梦中荒芜……
　　　　054　　秋蝉在秋枝上悲鸣……
　　　　055　　月光在沉睡的夜色中流连……
　　　　057　　秋
　　　　058　　寄语的西风啊……

059	无际的星光在安然中漫步……
060	春藤无声地在岩石峭壁上环绕……
062	春在山野……
064	紫罗兰在凋零……
066	注视着茫茫的夜空……
067	夜的翅膀在群星闪烁的空中飞翔……
068	夏天就这样离去了……
069	升起在神秘的地方……
071	在静止中流动……
073	云在风中奔腾……
075	五月的花朵……
077	同样是深红艳丽的色彩……
079	夜的花朵在尽情开放……
081	鲜蓝的天空……
083	秋天把自己留下的最后一朵花……
084	星星雨
089	美丽的星星……
090	秋空在淡蓝中美丽……
092	雷电在空中惊响……
093	鸟儿渴望天空……
094	枯枝在寒风中颤抖……
095	枯萎的琼枝在蔚蓝中闪光……
096	带着绿的席卷……
097	寒冬在飘雪的抚摸中颤抖……

098　暮色吞噬了早春的青黄……

099　春天在散发着复苏的光焰中燃烧……

100　洁白的羽翼……

101　大地从冰冻的寂静中醒来……

102　月光在大地的脊背上流淌……

103　风摇，摇动着大地的触角……

105　向日葵在日光里摇摇晃晃……

106　绿毛龟

108　雪中梅

109　飘雪……

115　卷二

117　人烟

　　　117　第一章

　　　118　第二章

　　　119　第三章

　　　121　第四章

　　　122　第五章

　　　123　第六章

　　　124　第七章

125　第八章
126　第九章

卷 三

135　你的影子，化为涛声……
136　假若你留意……
137　将思念铸成月……
138　爱情其实就是一种召唤……
139　爱情是一只五彩缤纷的鸟……
141　我想起了你……
142　沿着微风的召唤……
143　我把我的心……

卷 四

151　贪婪充斥了我们的灵魂……
153　小诗一束

155	诗
156	建设的爸爸……
158	微型诗
160	我们被真理的力量打动……
162	人啊，神秘莫测的深渊……
163	听《二泉映月》
164	快乐的鞭子……
165	诗右铭
167	我们来到……
169	挂在树梢的塑料袋……
170	诗，真正的诗……

175　卷　五

177	江河从来都没有像我们的门户一样……
178	春风，一路狂奔……
179	深秋的天空是何等的高远……
180	有空间风才能自由飞翔……
181	爱情，是生长着的风……
182	水的声音
187	汉水

卷 六

195　把什么留在了意大利……

197　因斯布鲁克的宁静……

199　茫茫雨烟锁住了郁金香的大地……

201　蒙特马特高地的风……

203　塞纳河在巴黎的胸怀里扬波……

206　断桥的积雪……

208　在一阵轻松的眩晕中腾空而起……

213　不容抗拒的苏醒……

214　THE ROAD NOT TAKEN / 未选之路

卷 七

223　心灵选择自己的朋友……

224　千禧日

228　经历

233	头高挂在铁钩上……
235	茶
236	甘夫人墓
238	风铃子
239	面目
244	怀着同样的情绪……
246	无论有多远……
248	生命是一种不可言说的优美……
250	灵魂是生存的武器……
251	时针是命运的手……
252	我的心向空中飞……
254	年轮
258	月光举起它的镰刀……
260	写真录
265	时光
272	飘雪飞过昭明台的檐角……
273	为了纯洁作我的牧歌……
275	我们不是缺乏智慧……
276	日子在岁月里留下年轮……
277	时光,你这无法触摸的魔幻之物……
278	墓
279	像风吹过干草……
280	坚硬如骨,敲击铮铮有声……
281	燃烧,吐蕊……

282 似乎命定……

284 灿烂繁星，掩映在万家灯火的……

285 六个音节的组诗

293 **卷 八**

295 感悟

297 状态

301 禅语

304 节奏

309 注视着你的眼睛……

310 断章

312 梦的奴隶

313 箴言

315 迷舟

323 **卷 九**

325 襄河之波在逝水中缓缓漂过……

327 春天的襄江……

329	汉水
332	伞
338	大地

343	跋 / 文爱艺

序

一

春天这个字眼，与诗有着密切的联系。在漫长的历史长河中，描写春天的诗句不计其数。这大概是因为春天是一个充满希望的季节，在无限春光里，面对绿的海洋、花的世界，谁不为之心动，谁不为之歌唱？因此，春天这个季节对诗人来说就更多了一份向往和痴迷。正是在这个桃花儿红、梨花儿白、阳光明媚、柳絮纷飞的季节里，我在山城重庆读到了诗友文爱艺的书稿——《文爱艺诗集》，无疑给我如怡的心情增添了许多快感。

爱艺是一位高产诗人，至今已出版了50部诗集，创下了中国诗人著作发行量之最（累计发行390余万册），这是我等不能企及的。这与近年来诗歌的不景气形成了强烈反差。曾几何时，诗歌开始远离读者，沦为和读者距离最远的一种文体。读者和诗人的问题都非常明显。不论是诗人们越来越私密化的语言，还是诗歌越来越表现出的个性化倾向，抑或是现代主义的表现手法，致使诗歌呈现的难度和主观性，都让读者无法接受。我认为，关键问题是诗歌丧失了真正吸引读者的东西，不仅读者无法"感动"，恐怕连诗人自己也"感动"不了。具体说就是没有能够让读者在阅读的同时获得心灵的触动，或者喜悦或者悲伤或者领悟的东西。许多现代诗，尤其从上世纪90年代以来的现代诗，越来越注重技巧以及由技巧表达出的内在化和主观化倾向，诗人作为创作主体，在逐步消隐。让我们看不到诗人的判断甚至诗人的倾向，真实的内心更是无从考察。那些让娴熟的语言和技巧武装得刀枪不入的绮丽的句子，使读者不知所云。这些句子读起来好像很顺畅，然而读后只能给人平庸的生活更添一道平庸，让麻木的心灵更加麻木，让人怀疑诗歌是不是已经不能够感动人心了。

然而爱艺没有落入这个怪圈，读他的诗不仅轻松愉快，更重要的是能激扬你的生命，使你在阅读中得到享受，受到启迪。是的，任何文学作品要想产生意义，首先要让读者的心灵感动。如果连起码的"感动"都失去了，我们又怎么奢求读者喜爱诗歌呢？

爱艺的诗题材广泛，有对大自然的思考，有对生命的拷问，有对故乡的赞美，也有对爱情的低吟浅唱。总之，在他的生活里无处不是诗，日月星辰、花草鸟虫都成了他入诗的对象。他笔下流淌的就是感动读者的涓涓热流。

同样是感动，爱情诗是最能打动人心的一种。爱艺的"爱情表达"不低俗："假若你留意／你会发现／这遍地皆是我对你的思念／／我的情思／充溢／在四季的风中／／那凝成相思的种子／结穗落尘／随风遍植／／无论何时何地／都有着它的根系／在蠕动"（《假如你留意……》）。这样的爱情诗读起来朗朗上口，同时也给读者留下了丰富的想象空间。"我想起了你／在没人提起你的时候／风和着落叶的节奏／／我想起了你／相聚／随后又别离／／我想起了你／星光在孤独中／而落日慌乱地收藏起它的彩幕／／我想起了你／茫茫时空／从来中来／到去中去，空中，留下幻梦／／我想起了你／我想留下你的容颜／你的声音／／风来自无形／归于无踪，但目极地／无处不体现出你的风度"（《我想起了你……》）。这样的爱情诗，在表达上如泣如诉，无不给读者清新愉悦的感受。

"什么是诗？

归结为一句：诗就是爱！"这是诗人的回答。

一样是感动，我们可以从爱艺对"生与死"的终极关注中感受到心灵的震撼："你将离去／请留下你那浓密的翠绿……让我怀念……请慢些走／让我能记住／这短暂的时光，你的颜色／／不得不远离的季节啊／命中注定了你将留下痛苦……日子，迈动着沉重的步伐／走在梦幻的季节河上／／我愿再看一看你离去的方向……你在衰老，一步一步地衰亡／沿着固定的弥留的光……温柔的大自然啊，你也有暴烈忧伤的时候／尽管你的美丽／无穷无尽／／或许你备尝艰辛／所以你的目光里／有着无限的眷念……死亡／这是对过去的告别／但是你的灵魂在消失之前／依然飘散着美丽"(《夏日的挽歌》)。动物、植物都是生命的客观存在。诗人的使命就在于把那些无法观察的内在生命的涌动转化为语言形态，把生命深处蕴藏的力量发掘出来，以激发和唤醒读者的内在生命。一片落叶的终结就是回归大地，滋养树的根须，这样的生命哪怕消失，也是美丽的。

爱艺的诗，内容丰富，充满了哲理的光芒。一些看似琐碎的小事在他的笔下，却有了崭新的内涵，使小主题得到了大升华。有的诗甚至仅是诗人的闪念，仿佛信手拈来，却写出了深度。这是需要功力的，也不是谁都能为的，没有对诗歌创作较高的领悟和技巧是不行的。

诗歌创作是要讲技巧的，所谓"无技巧"论是站不住脚的。但是，技巧是形式，包含着深刻的内容，没有内容的技巧是根本不存在的，也就是说内容决定技巧。好的诗歌是让技巧和所表达的内容相融汇，让读者看不到技巧的痕迹，也因此感觉不到阅读的障碍。据此可以看出，对于个人化写作而言，技巧与生命的贴近也就非常自然了。

一般认为，中国新诗发展的历史，就是中国诗歌在外国诗歌的影响下摆脱中国传统诗歌的历史；其实，中国新诗的历史也是中国新诗不断唯美化的历史。在现实主义、浪漫主义、象征主义的显在运动中，中国新诗始终涌动着一股唯美主义的潜流。唯美主义因素的不断作用，使得中国新诗在"为人生"与"为艺术"之间获得一种较为合理的张力，从而也使得它没有成为纯粹的宣传工具，并在经历了时间的考验后仍然保留其永恒的诗学价值。爱艺的诗是唯美的。他过去发表和出版的不论，单就这本《文爱艺诗集》而言，洋洋九卷 9000 行无不显示出诗人唯美化的价值取向。他的诗不晦涩，好读好懂，没有空洞的说教，句式铿锵有力，讲究音律美，这也许是他的诗集广受读者欢迎的根本原因。希望爱艺在这条路上坚定地走下去。

是为序

杨辉隆

2011 年 3 月 9 日删改于诗城奉节

二

继荣获2011年"中国最美的书"之后,作家出版社出版的《文爱艺诗集》,在浩如烟海的出版物中又脱颖而出,被评为今年"世界最美的书"。此刻,这本书摆在我的案头,两度加冕不得不让我细细品赏,看这堪称"世界之最"的诗集究竟美在哪里。

这是一部设计十分精细、讲究的书籍。它的开本既不是司空见惯的大小32开,也不是当下流行的近于16开本。其138×228的成品尺寸,看上去绝无痴肥蠢胖感,亦不过于高挑细弱,是体态适中、骨肉匀停、委婉清丽的曼妙身姿。作为诗集的版本,与多为短句的诗行相得益彰,书体与诗之外部形体浑然相配,给人以赏心悦目之感。

或许,在喜欢富丽堂皇、纸醉金迷的装帧者眼中,这部诗集的外观过于朴素、简略了。它既非古籍的卷轴、册页、经摺、蝴蝶、包背、锁线等不同的装潢形式,也非木盒函套,若《四库全书》般的着经库绿绫衣、史库红绫衣、子库蓝绫衣、集库灰绫衣这一身皇家气派、唯我独尊的躺在红木书橱中的书籍。这让我想到王实甫的《西厢记》与董解元的《西厢记》之别,如果说王西厢是仪态万方的宫装美人,董西厢则是乡村少女,以其本色的天生丽质取胜,本色天然,没有多余的装饰与脂粉气,因为只有萎黄的面容才需要敷盖。亦让我想到日本的茶室,那种茅草屋顶、木质茶屋,其选料之精细、所费工时不亚于建造一座宫殿,体现的是一种"高品质的贫穷"几近于空屋却蕴藏着诸多内涵与可能。

在现当代书籍挣脱函套，在书橱中站立起来，种种图书设计更具个性，千姿百态便纷呈美丽、神奇和丰富。尤其是电脑于出版中的应用，让设计更为便捷、立体且多元化。而材质及印制的精良，工艺的精益求精，让书籍的文化含量更多，审美意味更足，品位更高。我们从中品味的，不仅是二维空间的视觉的新鲜感，亦从三维空间的形态中打破书籍六面体的羁束，体味一种前所未有的观感，确是多姿多彩，美不胜收。

这部"世界最美的书"，看起来并未着奇装异服，却朴素、雅致且本真，所谓会穿衣服的人让人感觉不到衣服的存在。书的纸质封套并不厚实，也不光滑明亮，似有宣纸的感觉，为稍显暗淡的白色。封面、书脊、封底浑然一体，多为空白的纸张本色，没有图案的装饰。封面的上半部分空白中是作者的硬笔书法签名，为红色尖锐且扭曲的斜置的线条，其笔触打破了通常签名的书写方式、随意且失去规范，三个字联于一体，"爱"字简直可以称之为自造的文字，似乎是一颗扭动的心的形状。封面、封底之下的少半部分，则是参差错落的十行六号宋体红色的诗之评论文字，间以细弱的六号红色书宋字，横贯双封，其两端及字里行间皆留有因字句长短不等呈现的空白。整体的观感素朴雅致，淡白的色调中红白相间，不失明丽。只有横置于封底中下部的条码、定价及一行小字是黑色的，却并不浓重。书脊的上端及底部分别为书名及出版社名，亦皆印为红色，横排。封套的设计颇费心机，打破了通常书籍的固有模式，甚至每个细部都有设计者自己的想法，正如一首好诗，其意蕴在文字的背后，其主题则是开阔的空间，在独有的形式里开创出新的境界与意味。可封套的勒口却为红色，边缘敷一层淡白，与全红的环衬色调一体而又略有区别。封套的背面却是红色，明显或隐约中透着淡白，随意不拘，或许亦有着诗重内涵的寓意吧。封套后的诗集为豆青色绸面精装本，封面上部左侧为压制而成的两行一节的十行诗片断，书名却是凸起的汉字，突出于封面的中上部，且封面封底相互对应。精装本装订工艺极为精细、品位颇高。而硬壳覆裹中的书之另三面体，皆饰以暗红色，似素雅明丽中藏着一腔热血在流动。

诗集的版心设计得宽松大度，稍大字号的诗题置于正中，每页正文偏左一点，为六号书宋字，最多只排 19 行诗句，页面则在右上角。诗分九卷，每卷之后都有画家谭冬的油画插图，颇具现代感，悦人眼目、令人思索，并成为书之整体的有机组成部分。

诗集的设计新颖独特，工艺制作考究、精良，这部书拿在手中都怕将它弄脏。

一些诗评家、诗人在作者陆续出版的诗集序言中都有评介，如赵国泰、毛翰、弘征、沈奇等，都写出了热情且有感知深度的文章，且对诗集的艺术特征，不尽的探索，飘逸的诗思，以及"青春、激情、蓝色咏叹"这诗集的三要素予以解析和命名。

诗集给我印象深刻的，是诗形式感的强烈。其诗不是粗音大噪的呼吼、嚎叫，而是悄声细语的倾诉，尽管情感浓烈，但语调平和。句子多为短句,但押韵,有着话语的旋律感,并非咏叹调,而近于小夜曲。这样的语调之中,诗的节奏较平缓,但随着情绪的起伏亦有跌宕感。诗人是颇重视诗之外部形式的,其中的一些作品诗题便是诗的第一句,那种抒情意味,让我想到了叶赛宁。然而,各卷之间亦有不同的表达方式,间或编一部或一辑散文诗,或六个音节的组诗。自然,诗人亦写灵魂、欲望、人生与命运,惊心动魄的爱情与生命体验,梦想、忧郁、痛苦、欢乐等情绪,皆张弛有致。

就世界上大多数美学家所共同认定的,"美是有意味的形式"。这部2012年"世界最美的书",留给我们的是鲜明的形式所蕴含的意味。就诗本身而言,亦是形式感颇强的作品,注重内容与形式的统一。

总之,这是一部值得珍藏的书。有谁能对"世界最美的书"视而不见呢?

是为序

韩作荣

2012 年 6 月 16 日

卷 一

四季诗语

春

水蓝的天
在清润的喉间婉转
飘向冰雪消融的深处

春风吹着口哨
春潮涌动
复苏、复苏

这是骚动的季节
一切
都在嫩枝上蕾动

夏

浓密的丛林深处
绿油油的枝叶
在燃烧

漫天的星光
巨大的玫瑰
在栖息的枝头上鸣叫

一声清脆
熟透的果香像水一样
一泻而过

秋

太阳懒洋洋地
忘了苏醒
裸露在空中

风猛烈冲撞着
落在树下的枝叶
只有冲撞才有力量

大地忙碌着
发黄的田野

在匆忙

冬

干瘪的枝条
挂满雪霜
抓紧它的彷徨

阳光
在空中
温着柔蜜

一哄而散的风暴
赶着回家
把大把大把的雪花收藏

夏日的挽歌

你将离去
请留下你那浓密的翠绿的头发
让我怀念

夹在书页里
随后你将一一飘散

请慢些走
让我能记住
这短暂的时光,你的颜色

不得不远离的季节啊
命中注定你将留下痛苦

落叶,落叶,落叶
这忧郁的金色,大自然的哀伤
在秋光里,却那么漂亮

日子,迈动着沉重的步伐

走在梦幻的季节河上

我愿
再看一看
你离去的方向

你在衰老,一步一步地衰亡
沿着固定的弥留的光

温柔的大自然啊
你也有暴烈忧伤的时候
尽管你的美丽,无穷无尽

在你离去的地方
飘散着纯净

死亡,这是对过去的告别
但是你的灵魂在消失之前
依然散发着美丽

雪花的心情……

雪花的心情
是快乐的心情

凝寒锁不住
凄风带不走
在孤独中
把苦难欢度

无论怎样的不平
都不能凌乱
优美的舞步

雪花的一生
是幸福的一生
即使消泯无迹
也从未闪现过痛苦

快乐而至
愉悦而去

像流动的水纹……

像流动的水纹,天空俯视着中秋的大地
在散发着麦香的田野上波浪滚滚
我仿佛起伏在它的滚动里

收割后的原野啊
你该安睡
但是你却没有停住脚下的犁

我看够了贫瘠
我要歌唱富裕
歌唱你的美丽

一排排金色的玉米
点燃了季节
也点燃了你

注视着一望无际的大地
村庄里的炊烟袅袅升起
你是那样的亲切,尽管从没有人提起过你

朴素的乡土鸟
在庄稼地里低语
那是人间最美的诗意

我熟悉塘里的小鱼,就像我熟悉自己的秘密
当我被你的金色,一次又一次地席卷
我怎能说我对你已经熟悉

你的美无边无际
没有人能够理清
但我知道,你的美,都源于你深植的土地

从地表升起……

从地表升起
由无形的气息凝聚

悠然地在难以捉摸的空中游行
但不是为了抗议来自无声,又归于无踪的命运

背负着人们的躲避
在固执的愿望中降临
轻轻地飘浮和急速地下落,是你的节奏

无论何时何地
都始终如一地回归

来自泥土,归于泥土
但每一次都不是简单的重复

月色苍凉……

月色苍凉
把凄濛的密林
照亮

在无边的夜色中
大地把沉痛的温柔
深锁入无边的宁静

月光

你是天空和大地融会的柔和
惟因不断地寂寞
才倍感深刻

笑看人世的悲欢离合
无论阴晴圆缺
始终在纯净中赤裸

在没有人的地方
你依然
只有一个我

春天是从泥泞中……

春天是从泥泞中
走过来的闪光
欣欣然
仿佛痛苦已经遗忘

月光恰似精酿的黄酒
跌跌撞撞地洒了一路

谁是它的醉客

我们遗忘了许多
生活难道全都是欺骗

我回答了谁的疑问
又为谁抹去了遗恨
在谁的枕边
我能够温柔地说：我们

日全食

你好吗？在这天空失明的刹那

瞬间漆黑的阴风，诡秘地拂面
一阵孤寒，在这盛夏之晨惊怖

精确地预报，洗去了日月之忧

茫茫人海，伸手可及的是躯体
不是心；涯无边际的风席卷着

天上瞬间一日，人间已过千年

翻遍日历，谁的枕边谁的耳畔
能永久地回荡温柔的昨日之语

忧虑从来就不在天上，在人间

凝视；回首仰望；冷眼；静对
不过是一种奇观，谁在乎观望

你好吗？刻骨的牵挂深入风中

百年一遇，这抬头仰视的奇观
人生几何，那无法掌控的重逢

风在无人处停止……

风在无人处停止
没有什么卡住它的咽喉

大地似已接受了封冻
一丝不动地把宁静享受

但是在每一寸土中
都有着无限的生机在行动

草原在梦中荒芜……

草原在梦中荒芜
一座座钢筋水泥的人造石头
在一阵阵恶臭的乌烟中
切割着污染的天空

河流也在变化
迅速地打入没遮挡的硬土
盛满化工的气体
在旭日和夕阳之间结盟

新千年的钟声
在世界的每一个角落响起
仿佛象征着进步
但此起彼伏的枪炮声还是在无情地到处散布

我们掀起一页页日历
自豪地记录下一个个成就
但是在自己的头顶
制造的却是空洞

只有被污水浸泡的图纸
像柔软的浆糊,似乎能承担弥补

大地正在我们的脚下融化
像灰色的奶油,承受着生存的异化

秋蝉在秋枝上悲鸣……

秋蝉在秋枝上悲鸣
美丽的夏天渐行渐远
蝉在清凉的秋日里
迎接着它的消损

农人的汗水贴地飞行
粮仓很快拥满醉人的芳香
但蝉将在这沉重的喜悦里死去

美丽的天空秋高气爽
听蝉的女郎也将很快遗忘
满目的秋声在秋色里
像愉快的笑声迎风飘扬

不可企及的秋光
瞬间走向远方

月光在沉睡的夜色中流连……

月光在沉睡的夜色中流连
我们带着相同的注视
在相怜的情怀中失眠

像对抗永恒的孤独
月在夜的网罗里
把自己的清辉洒遍

这是一阵无声的交谈
时间诡秘地
似乎已经逃避

但是
我却不能够将自己散开
像它那样把长夜消解

我只有
凭借形体
承接它无限的含义

到行期
我们依然
要承受分离

在时间长长的链条上
我们谁不是过路的人
谁能够躲过它的遗弃

秋

经历了春天萌生破土的艰辛
饱尝炎热的扭曲与伤害
也曾有过无望的迷失
但成长的欲望仍破土般坚强

成熟,所以不再张狂

不炫耀萌生的欢畅
也不在喧闹的夏日里彷徨
一切经历的风雨
都是成熟必需的过场

因此,你的心境高远

不再想那危险是考验
坦然地面对一切
就像美酒,勇敢地经过沉重的发酵
酝酿出醉人的芳香

寄语的西风啊……

寄语的西风啊
带着你的沉重
你把怎样的话语传诵

在月圆的刹那
是谁在月光下孤独

月亮是宁静的火焰
在空中点燃
它焚烧的是人的怀念

一只浮云轻轻滑过,冲开深蓝的柔波
像是沉沦,顷刻被月光淹没

无际的星光在安然中漫步……

无际的星光在安然中漫步
我读着它的神秘
但是月亮却似在有意躲避

我的情思寻觅其中
这辽阔无边的夜空
在把我的灵魂尺度

它的闪烁
令我的心燃烧
像是无法解脱的依附

神秘的光幻啊
你正在把我召唤
但是何处能紧跟你的脚步

春藤无声地在岩石峭壁上环绕……

春藤无声地在岩石峭壁上环绕
被天然奇妙安置的绿苔
也在无声地舒展
尽管杂陈,散漫
但它们在自己的改变里依存

有日月相伴
有相同的时间可供契合
循环的步履
尽管姿态不同
生存的节奏,却完全一致

来吧,情感
让我也同你一样
尽管身处殊途
瞬息万变
归宿却都相同

在你我的灵魂里面

没有什么可供倨傲的成本
空自展示
"时间不负责任
就一钱不值"[1]

自注:[1]引自(美)伊丽莎白·毕晓普《沐发》(黄燎原译),略有改动。

春在山野……

春在山野
在自然的怀抱里灿烂
绿是一种
自由的奔泻

溪水潮长
春也潮长

而今春已遥远
在灰蒙蒙的拥挤的人群里
难以捕捉到
天然的笑颜

一切都在奔忙中重现
尽力镂刻
存活在记忆中的春意
急切而深沉

刀法精湛

技巧精湛
但是这钢筋水泥林立的枯木
像是宣告它永恒的短命

一切的刻意
都是一种无法挽回的消失

紫罗兰在凋零……

紫罗兰在凋零
那天使般的芳香
即将成为幻影

病玫瑰低着头
像酒徒喝得烂醉
在呓语中祈祷着诤念

一股神秘的力量
把沉睡唤醒
向着预定的方向

日光在枯黄的柳树叶上闪耀
似乎在回忆
那沉浸在旧日情怀里的憧憬

可怜的花
死一般的沉静

难道美丽
一定要在悲剧里

对着无数的灵魂
缠结着花絮状的枯树叶，在风中摇曳

迷人的落日
在最后的兴奋里
挥动着它那即将消失的浑圆

这集光明于一身的悲壮
在夕阳的阴影里
悄然沉寂

静谧的月亮
接过了幻想
冉冉地升起

从头顶上吹来的风
打湿了我的日记
这是风中的雨

注视着茫茫的夜空……

注视着茫茫的夜空
闪烁的繁星,隐隐约约
从杳无人迹处,流露出熟识的目光
仿佛在交流

从何处传来悠悠的回音
我被感应着
像是冥冥深邃的幽暗
被茫无边际的困倦席卷

我在其中
获知的不是长夜的漫漫
那每一分每一秒里
隐含着无限的狂欢

色彩、声音、气味,交互相联
在空中竞相弥漫
仿佛是夜的庆典
又似乎是光在聚餐

夜的翅膀在群星闪烁的空中飞翔……

夜的翅膀在群星闪烁的空中飞翔
它无声的鼓翼赐予灿烂的星空
以静美的时光

我注视着它的神秘
无数的梦幻,在成群结队地上演

然而静寂的时光短暂
顷刻又是不止的悲欢

无数的繁星,光辉灿烂
命中注定
沉睡在里面安眠

夏天就这样离去了……

夏天就这样离去了
在阵阵雷鸣电闪之后
心满意足地把炎热的余温
袅袅地残留在无边无际的大地上

太阳花厌倦了雨水的冲刷
低着头裸露在风中
一阵眩晕的节奏
传递到无法目极的高远处

暴雨留下的线条
清晰地刻印在收割后的田野上
篱笆的清香
像层层远去的夏日的波浪

空气散发出芳香
天空高远地更加寥廓
夏季的色彩
从此处走向远方

升起在神秘的地方……

升起在神秘的地方
看似有形
触摸却不可及

追逐，只是徒劳

晨光中升起
黄昏里消失
仿佛守时的哨兵

你的热情
在寂静里
当春光泛起涟漪
依稀能见到你浮起的倒影

从有或无中
你伸出无处不及的大手
将成熟挂满枝头

为什么,目光总追不上你

你的赠礼
是遥远的谜
但是你的脚步,却是如此的清晰

在静止中流动……

在静止中流动
在流动中静止
清澈与浑浊
是你不断交替转动的双臂

顺流而下
是你的状态
前进
决定了
你的方向

带着风暴的席卷
像是思想的惊雷
勇猛地撞击
途经的险阻

世界本没有平整的路
命中注定
你将在永恒的运动中

静止
是你不安的一个梦

不可测度的你
从天地间掠过
静止消逝了
流动依然存在

云在风中奔腾……

云在风中奔腾
无论何人都在它的脚下生存

高亢、雄浑、激烈、舒缓、深沉、寂静
仿佛就是人本身

腾空而起
在人们的躲避中降落

淋透了的大地
在无数次的击打中承恩

狂奔
这是生命的色彩

即使脱离
也仅是短暂的分开

在沉静中

心灵的花朵才可能静静地绽放

带着生的喜悦
我把世上的一切磨难都遗忘

带着不可征服的微笑
把一切的杀戮都看成是可笑的过场

五月的花朵……

五月的花朵
在故乡的河流中苏醒
两岸的春草
像是渐渐升温的空气

在星光闪烁的空中
大地显得更为深远
它的秘密
在它心里

我听见汉水的声音
穿过夜空
也像它一样浑厚
在无比深远的交织中入梦

不可分解的神秘在飞翔
旋转着
同所有的星群一样
在宇宙间聚集

时间
时间让故事
像生命一样涌现
凝望，倾听，投身，融入

同样是深红艳丽的色彩……

同样是深红艳丽的色彩
在深秋的夕阳里徘徊
那由浅而深的山坡
也仿佛像是归来

在时间的此岸

我们看清了什么
在草地荒芜的地方
什么样的希望在盛开
何种悲哀可以关在门外

在偶尔想起或被唤醒的时候
我们得到了自以为是的清醒
但是清醒之后
是否就能分明

在时间的彼岸

秋风
秋风不是叹息
一切
一切都将成为过去

夜的花朵在尽情开放……

夜的花朵在尽情开放
朦胧笼罩着四方
打谷场上泥色的土墩
在清凉的星光下
飘荡着醉人的谷香

粗陋的农家房舍的白墙上
穿过夜色逡巡的光影
模糊地掠过丰收喜悦之后的疲惫和忧郁
收割后的田野
也似乎封锁在里面

夜风忽远忽近
纷纷开落的声音
缓缓地神秘地流行

时光就这样
在浮荡着喜怒哀乐悲欢离合的情绪里
安详地度过

时间无可挽回地走向远方

鲜蓝的天空……

鲜蓝的天空
在沉静的秋日中发光
结着白霜的屋顶
随着落叶飘摇闪亮

轻快地吹拂着纯净的风
也知道很冷
迅速地躲藏
像走在天街上一样

我的故乡
你穿上秋的外套
秋的风光
是否已装进你的粮仓

我仿佛被融入在秋色之中
我的灵魂充满了对新生的渴望
我真想对大地说
我将为你来年的丰收奉献上我全部的力量

披上我的斗篷吧
我的故乡
不管明年的承包权是否会被迫转让
这片土地不应该荒凉

秋天把自己留下的最后一朵花……

秋天把自己留下的最后一朵花
给了玫瑰
这大地的忧伤
浓缩在干瘪的枝条上

瞧，这朵花
承负着理想
你抖一下，闪烁片刻
它便落下

这瞬间坠落的
有它的灵魂
光闪闪的
像北风

沉思的玫瑰
在雨水中冲刷它的泪痕
看一看天空
无可挽回地进入黄昏

星星雨

一

海水在它的深处清澈
触及堤岸
它将浑浊

二

光在不透明体的反射中闪出
人在行为中表现

三

思考是思之网

在无意中惊飞
在刻求中逃逸

四

灵魂触及谬误愚蠢
思想溶入真理永生

五

黎明悄悄来临
落日寂然离去
令人神伤的是无边的情欲

六

高峰云雾缭绕入迷
山谷丛林密布陷阱

七

阵阵清风吹拂
朵朵鲜艳的美丽
皆因你的爱抚

八

倾听
就是你的歌声

九

翻阅
丢弃
但不要留下空白

十

落叶在冬天里聚集
这是它重生的安息之地

十一[1]

狐狸对鸡说

让我吻一吻你

就一次

自注：[1]三峡诗人熊建成先生在黛溪边得一奇石，欣然展示，上有图案，酷似狐狸与小鸡对话，余即兴得此。

十二

寂寞进入死亡

它的美是无言

十三

欺骗

总能找出花言巧语

将你蒙蔽

十四

善良越是自责
罪恶越是牢牢地将其擒获

美丽的星星……

美丽的星星
愿你是照彻灵魂的光
犹如溪水流入稻田
使稻花在水中辉煌

黑夜在你的运动中灿烂
白日将你的身形淹没

你的微光
隐含了太多的思想
一股电击的热流
涌入

星光
你的荣耀在空中

秋空在淡蓝中美丽……

秋空在淡蓝中美丽
愁绪由此升起
在落叶如退潮般离去的时候
怀念似灼人的烈焰陷入回忆

我的手徒然地抓住一线秋光
它匆匆一瞥即踏上流亡之旅
一切用心营造的臆想
迅即失去踪迹

我的心是废弃的宫廷
无数的欢宴、狂歌、杀戮
都像时光一样
依次从中上演

灵魂的无情的枷锁
这枯萎的命运的使者
用费尽心机的毒液
弥漫损人利己的苦汁

我的同类，造假的圣手
看一看自己的脸
还有多少地方没有粉饰
还有几个区域没有伪装

雷电在空中惊响……

雷电在空中惊响
似乎挣脱了大地的捆绑
无形的感应
聚集所有的目光

穿过层层叠叠的云雾
在空中遥遥地汇合
模模糊糊的轮廓
用熟识的注视定格

这混沌深邃的夜空
仿佛连接着万物
声音、色彩、芳香
在交相辉映中契和

鸟儿渴望天空……

鸟儿渴望天空
鱼儿渴望海洋
青春渴望梦想

苗儿渴望生长
花儿渴望开放
思想渴望闪亮

河水
顺着流动的声音下降
生命,沿着攀援的轨迹上升

枯枝在寒风中颤抖……

枯枝在寒风中颤抖
迎风飞舞的不是落叶,是飘雪

夕阳挥动着低垂的双手
黑夜把暮色渐渐抹去

我看见了寒冬的炉火
枕着黯淡的青春的微红

是到了安息的时候
岁月匆匆

诞生
也就命定了死亡

枯萎的琼枝在蔚蓝中闪光……

枯萎的琼枝在蔚蓝中闪光
风的喘息在这儿停留
寒气穿梭其中
时而汹涌,时而减速

透过正在剥离的冰姿
摇曳不停的枝桠在轻快松动
这自然遵循的步履
踏着自己的节奏

蓝色晴空
在风中闪烁
紧跟它的穿越
云的翅膀悄然飘过

带着绿的席卷……

带着绿的席卷
你解开冻得僵硬的大地
翻开雪白的冬衣
露出湿漉漉的黄土
让冰化开
让雪消散
像爱奔跑的顽童

裹挟着雨的惊响
在喧闹声中
唤醒大地的梦
急速奔涌的洪涛
瞬间就将世界改变

哗哗的春潮涌动
像冲进小屋的阳光
把满目的视野照亮

这就是风度

寒冬在飘雪的抚摸中颤抖……

寒冬在飘雪的抚摸中颤抖
冰霜覆盖的冻枝伸出花蕾
这似乎复苏的枯萎
在远离壁炉的注视里芬芳

满天的飞絮啊
因根的立定
瑞木琼枝

头戴冰花
身披雪衣的大地
欣然地接受纯洁的席卷
席卷这岁月的尘垢卷起的风烟

酷寒肃杀
似乎一切
都已沉寂

暮色吞噬了早春的青黄……

暮色吞噬了早春的青黄
像愈合的伤口脱落捆绑
泛着春光的汉水
轻快挥动着前行的臂膀

夜像坠入情网的少年
不安地在空中徜徉
怀着对大地的敬畏
神秘地四处躲藏

我不再把它的形迹追问
也不再把它的身影索寻
既然上苍赋予它神往
它必定有它自己的方向

春天在散发着复苏的光焰中燃烧……

春天在散发着复苏的光焰中燃烧
这来自冰水里的光焰
穿透枯萎的大地
以绿色的波涛席卷我们的视野
温暖的情绪迅速蔓延

着火的也有我的灵魂
它遍及我的全身
像纷飞的思绪
推开心扉

我将在这无止境的蔓延中
把它的美丽一一承受
最终我将义无反顾地加入

享有
就必须置身其中

洁白的羽翼……

洁白的羽翼
遍染大地
最终的栖落
不是放弃

纯洁才能晶莹
每一束光的熄灭
都在融化声里
抵达春天

把命运
写在水上的人
像命运消失的节奏一样
久远

消融,不是消亡
在贡奉中,新生凝结永恒
它写在春天的脸上
活在大地的心中

大地从冰冻的寂静中醒来……

大地从冰冻的寂静中醒来
像放飞的小鸟
情不自禁的鲜艳
吐露醉人的芬芳

蝶翼轻抚花瓣
燕翅笑触蔷篱
嘻叫的风
戏水的雨

这复苏的季节
成长的脚步趟着躁动
滋润的声音结满枝头
五谷萌生其中

然而沙尘暴也从中蹦出
饥渴的目光
肆虐着贪婪
大地在疼痛

月光在大地的脊背上流淌……

月光在大地的脊背上流淌
叹息般渐渐悠长
寻着它的踪迹
我仿佛踩出了它的水花

如水的月光
淹没我的思绪
我挣扎着逃脱你的席卷
却总也无法同你分离

明亮是你的容颜
轻逸是你的体态
在清风吹拂的地方
你是拂去仍在的情怀

相守着你的影子
呼吸着你的洁白
天地一体
我们都在你的怀中掩埋

风摇,摇动着大地的触角……

风摇,摇动着大地的触角
颤栗,颤栗复苏的时序
这准点敲响的声音
席卷,席卷

桎梏,桎梏给了我们放松
骤降的春雨
荡涤着荣辱
时间,时间在时间之外

摇动,摇动这悬浮千年的月辉
美丽如水
匆匆,匆匆
匆匆,匆匆在空中沉醉

掀开季节的幕帘
憧憬多于回忆
洞穿岁月的印迹
真实栖息何处

摇动,摇动这风声
一叶知春
一叶知秋
变幻,变幻隐伏其中

向日葵在日光里摇摇晃晃……

向日葵在日光里摇摇晃晃
经过甜蜜的碰撞
羞涩地俯首低垂

睡梦踮着脚尖
友善地凝视着我
接着一阵颤动

纤云懒洋洋地
移动自己细碎的脚步
潜入喷香的午后

一声蝉鸣
抛出一支弧线
划破长空

顷刻
大地,寂静
密布

绿毛龟

我是长寿之物　我有不与人争斗的习性
静是我的状态　不引人注目是我的生存格言
可是绿苔偏偏　在我的背上疯狂地生长

于是想发财的人
把我捕捉　展示

人们争相付钱进来
然后惊讶地相互交流着他们的好奇
看　绿毛龟　用手对我指指点点

绿苔在我的背上汲食着我
我的不幸　轻松地就能抹去　但是没有人愿意动手

看客们满足地离去　捕捉者把我关进黑漆漆的牢笼
清点完沾满着污臭的钱币
带着他的钱箱　兴奋地离去

我眩晕在黑暗中　绿苔有滋有味地吞食着我

在无边的循环中　等待着看客们下一轮的指点

雪中梅

所有的枝叶都已枯萎
惟有你迎风吐艳

风中飘雪,雪中飘霜
夜灯在酷寒中明灭

深深月色
从空中飘落

这是清冷的季节
寒冷像刺骨的西风一样悠长

然而你的吐艳
却如飘雪,随风渐长

斗寒
生命才鲜艳

飘雪……

飘雪
就这样
忽如其来
我抓住其中一朵
问我的青春,隐身何处
……………它却融化了

无声的回答
在污迹斑斑的旧墙壁上回应
像是看惯了风波
一地尘沙
沉沦荣辱皆不见

忧虑在旧城墙上发霉
发芽的手臂伸了又伸
想挡阻岁月的风
撞入的却是季节更替的门

这是沉痛的撞击

就像我抓住的云
无迹无痕

不可逆转的时间
在空中旋转

瞬间黄昏

Fly____(油画) 谭冬

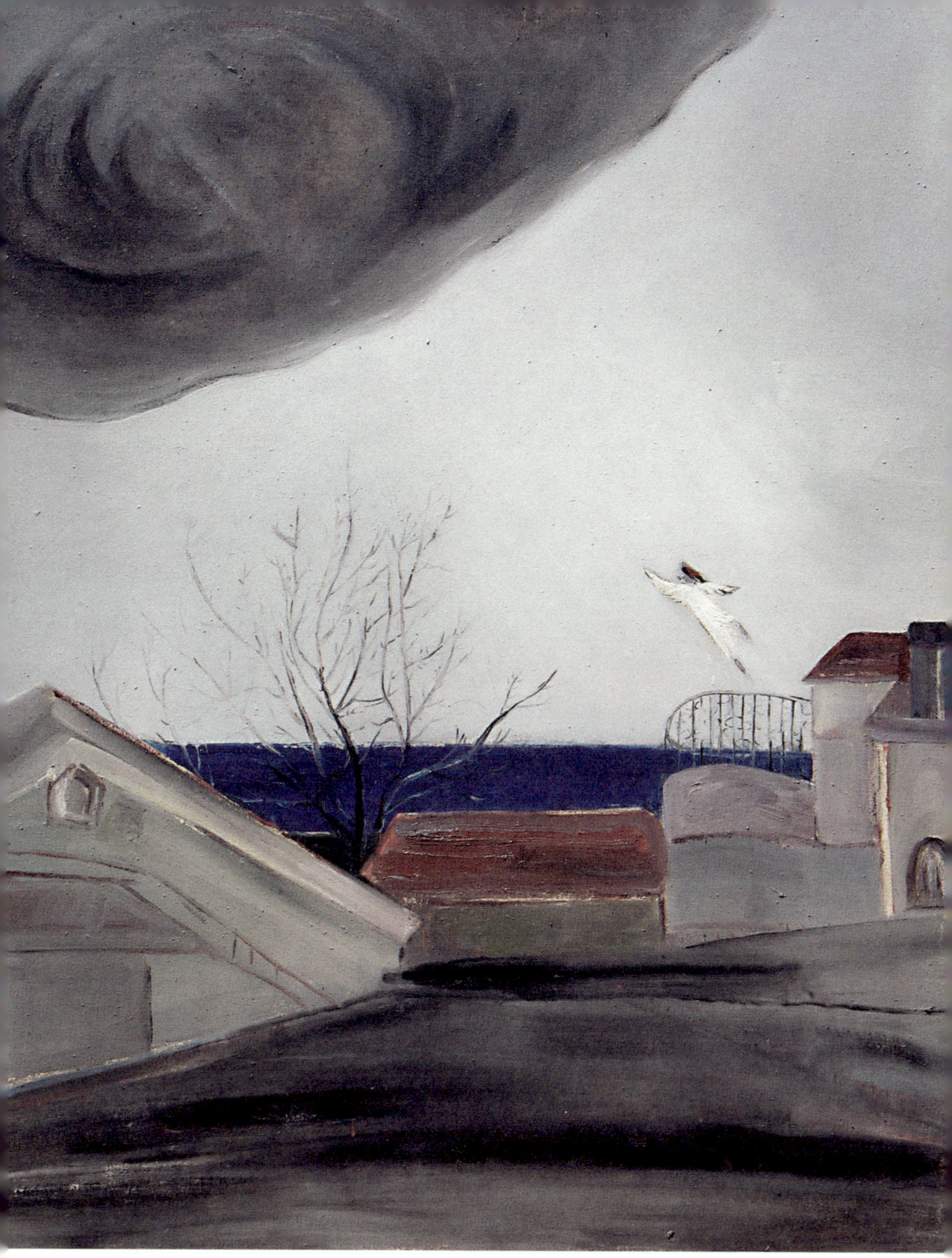

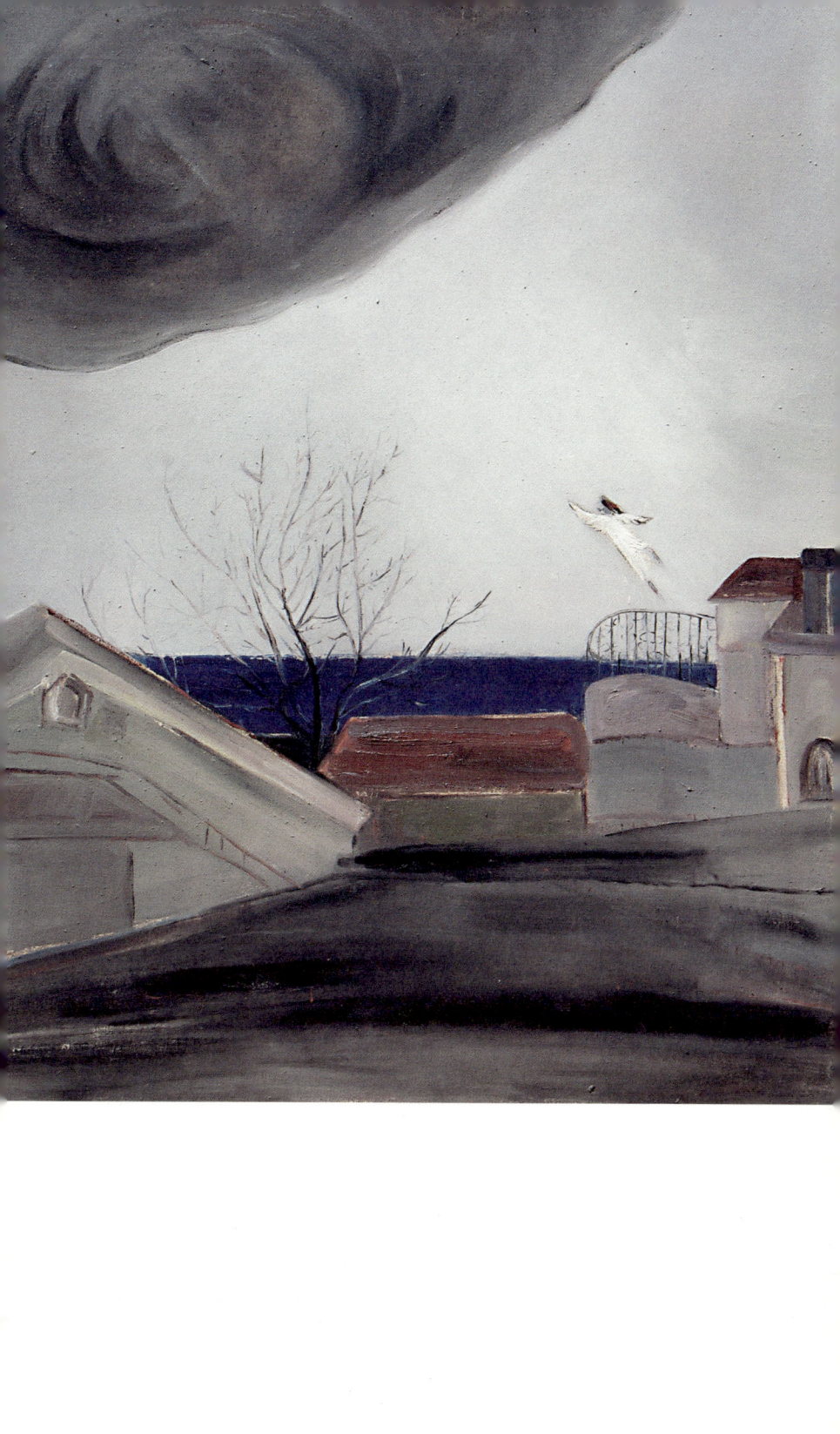

卷 二

人烟

第一章

欲望在我们身上膨胀,我们本身就是欲望。

春天带着幻梦的美丽走来,生活是一次盛宴,有无数个愿望向我们敞开。然而在春的温情背后,愿望像卑怯的狞笑,在愚笨痴呆中佯装疯狂,使愿望像罪孽一样赢得死亡,然后轻巧地注解一句:"因为这是在做梦!"

是在做梦?

在我们公认的法庭,人们注视着全副武装的法律,聆听着神圣的判决,然而宣判的是人的声音。

法律也许是不变的,但宣判的声音确是活生生的,它的声调靠所谓的"规则"调剂!

这真是悲哀!

春天带给我们希望,我们轻慢她,然后又去指责她的苦涩。

我们武装双膝,又用他背弃自己。

扮神的人愤怒地指责:"欲望就是罪孽!"以神圣的名义爆发出魔鬼般的号叫。

春天更为不妙,于是:悲惨诞生!仇恨降临!

然而,春天就是春天,春天的颜色就是春天的颜色。渴望和需求依旧在人们的心中回荡,希望依然在人们的血液里流淌。

命运唤来灾难,戴着罂粟花一样的誓言,寻找着它能欺骗的灵魂,然后使其成为自己可供贪食的欲望。

第二章

春天挪动得这样艰辛。在寒冬的深夜里,我仿佛看见了凝冻的心的余温在遥望中叹息。

谁是造化的物主?

是上帝吗?

但是痛苦的声音,从来都没有过回应,一切的局面,都只有自己应对。

科学、民主、智慧、力量、哲学和神谕的召唤,一切将人引向深入的学说,如果违背了益于生存的目标,皆为陷阱。

精神是灵魂与肉体的区间,是灵魂的高尚和肉体的自由。

黯淡了的从来都不是什么时光,而是灵魂,人的灵魂!

道路?

什么是道路?

远离罪恶的跋涉,就是道路。

这一切基于我们对自己的热爱,但热爱又并不能使其所有都归顺于纯洁。

烦恼不是我们的归宿,在疯狂、愤怒、放荡和悲凉的濡染中所祸及的一切,都是我们到达幸福的途径。

劳动,是生存的惟一行为,它就是生活的色彩,在到达幸福的所有过程中,它是惟一贯穿始终的力量。然而在劳与动的运行中又隐含了多少个无益的纷争与徒劳?

第三章

精神的无恃,是我们永恒的痛苦!

什么是拯救?

人因信念而存在,然而,无耻的信念,也是一种信念。

在黑白颠倒的岁月,谁敢说明白!谁能说明白?

人最大的敌人是自己,炙烤灵魂的也是自己。

在灵魂洗礼的盛典中,人在洗劫不幸中制造不幸,于是法律陷入虚无,卑鄙在里面寻求到了庇护!

这是法律的耻辱?

不!

这是人的耻辱!

是的,当纯洁成了人们可望而不可及的奢望,人感叹的真不仅仅是悲哀。

有了所谓的原则,就有了沉默。

生命之声消失了吗?

不!没有,没有,一切都回响在生命的循环中。

生、老、病、死,过去和未来,一直追溯到无法看清的虚无。

给我火!

给我火！

在月光变形的脸上，我看到了生命的孱弱和生活的残酷，但谁又能够从此逃离，而不经过？

第四章

寂静，我聆听着这无与伦比的声音；黑夜在这里安睡，绵绵的枫树像是远离后的心情，也在其中轻轻地安放着自己的叶子，这是一种不能言传的安宁。

冬日午后的温煦，仿佛在找寻着什么。

山野的风，像一壶温酒，代替着山村的无声。

雪像是蹲在空中的纯洁，注视着尘世的污浊，以献身的姿态投入其中，但殉情的结局依旧是无奈。

天地之大，何处是一个独立的所在？

布满了茫茫的尘烟，即使看清了，也依然有乌云在翻卷。
只有殉道者的尸骨上戴着不朽的花冠！

但灵魂是属于自己的，尽管时代的风云可以在上面点染疯狂的色彩。

它是属于我的,在风沙沉寂之后,将显示出本色。

灵魂的每一次醒来,都能够保持自己本来的色彩,尽管每次风云都以不同的方式欲将其掩埋。

我记录下这瘆人的寂静,一个黎明前最漆黑的时刻,记录下这眩晕无助的悲凉,让这不能言传的空虚和绝望成为良药,安放在一切面临绝境的灵魂面前,让他们吞服后,感到绝望是多么的可笑!

是啊,活着——存在,是多么有意义的一种挑战。

第五章

我爱火,我爱太阳之火,这生命永恒的胜利者!

来吧,拥抱这生命的无私之火,陶醉在生存的饥渴之中,让生命焕发出夺目的光彩。

生活宛如在它注视下的草地,香芷和莠草并茂,雄蜂和污蝇齐鸣。

是啊,什么样的灵魂没有缺陷?!

但这不是困倦的理由!

光明不是一个无因由的存在,在天空蔚蓝色的拥抱下,大地丰茂的颜色,是太阳发射出的多少光和热的构成啊!

它构成了自己的永恒存在。

这不是一种誓约的履行，也不是为了人间的一种嘉许，甚至没有任何一种对凡尘的依恋，有的只是对自己存在的一种必然陶醉。因此它既没有被遗忘的痛苦，也没有对残年的忧虑。

这是一种真正的幸福啊！

不被欲求所累，也不为索取所惑，在天然的行进中生存！

存在，自己的存在，是所有存在的光彩；没有可掩饰的惊慌，坦然地焕发出自己的色彩；没有任何刻意的疯狂，自己的灵魂就是自己的所在。一切已成往事，但始终在天然中保持自己的状态。

其实，生命的领域是多么的宽广，丢弃一切被惑的贪婪，可供遨游的天空是多么的辽阔。

第六章

智慧，假如我们不是被生存的窘迫所困惑，我们怎能意识到你的珍贵？

然而你又是如此地神秘不定，无形、无色、无味，触摸你如同触摸空气；你无处不在，又无从存在。

你时常是人们刻意制造的迷雾，你的影响有多么深远，你的流毒就有多么宽广。

有了你，愚蠢显得格外注目，你的迷雾，使人的本质更为模糊。

这真是厄运！

这是生存为它的求生者设定的迷惑和诡计。

因为人有太多的牵挂！

第七章

世上的一切都是由时间开始，连我们自己的一切改变，也是。

没有逃离自身的时间，也没有脱离自身的智慧。

晶莹缥缈的云天，呈现出自然的美妙，刻意求工的图画，展现出天然的奇妙。

智慧啊，在时间运行的心智面前，谁是你的画笔？

那些纵横交错的命运，那些千姿百态的变幻，那些突兀奇现的际遇，是怎样的魔力在安排？

当世界惊讶于它的改变，孤零零的人群在人造的世界面前，是世界找到了人，还是人找到了世界？

当自然的风无力改变自己的方向，人的声音又将如何依附？

在世界异化的困惑里,你在哪儿,我在哪儿?

第八章

"没有什么不可抵达的目标,向着科学挺进,一切都将获得解答!"一个封着科学权威的"崭新传教士"自豪地宣称。于是"科学救国"的"灵丹妙药"取代了遗忘的崇拜走向圣坛。

科学使世界突变,时间和空间都失去了旧有的含义,光明似乎照进了每个人的心里,似乎世界上的一切都将重新界定,一切都不再是困惑。

新世纪的落钟已经敲响,然而人的灵魂却像野鬼,在没有家园的精神荒漠里徘徊。

科学推进了运行的速度,也断送了生命的自然节奏。

生命的滋味乏旧了,人们已品尝不出本色的滋味,在疯狂的生存竞争里,一切规则都在钱权的支配下任意地改变着色彩。

这就是人类的劳作?

在灵魂的深渊里,辉煌造就了伟大,然而只有平凡赐予永恒。

人不可能逃避自己设置的陷阱!

智慧是水，水能载舟，亦能覆舟，太多的清醒等于无助。

通往幸福的途径何其沉重！

真真切切的布景，只是海市蜃楼。

疑惑不是怜悯，太多的疑惑却是痴迷。

活着不是品尝痛苦，太多的背叛，在忠诚中进行。

可怜的人的灵魂！

第九章

青春的颜色总是涂抹在困惑的天空。

错误、罪过，相隔的距离有多远？

衰老是一种报应！

那些断言"万事已空"的论调，在低吟着无助的絮叨。

安放，这是一个无法逃脱的责任，那些被功利掩没了的想象力。

精神的斗争和生存的竞争一样残酷，但是为了安放灵魂，这样的举动，会得到宽恕。

这是对精神的回报。

无穷的天空展现出无穷的色彩，在驶向地狱的海滩，也有缤纷的闪光升起。

欲求的洪涛会平息下来，但思想的激流不会停息，在时刻颠簸的心海里，灵魂会在动荡中接近它安妥的位置。

当新的生命升起，曙光招展的不是对过去的追忆或怀念，而是向前。

隐匿最终会是更为广大的招邀，在潮涨潮落的心海里，波浪起伏的汹涌才是它真实的面目。

aa（油画）谭冬

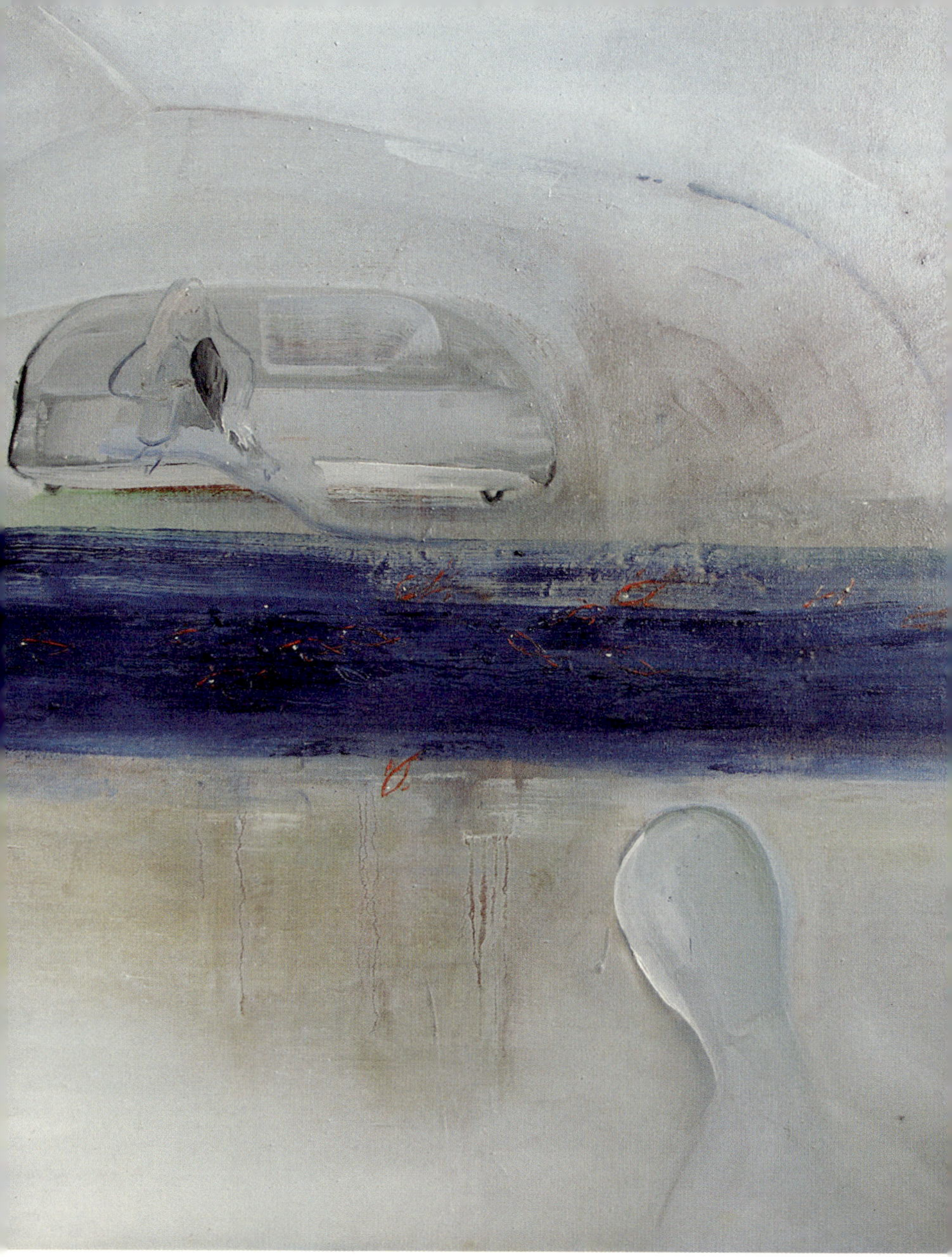

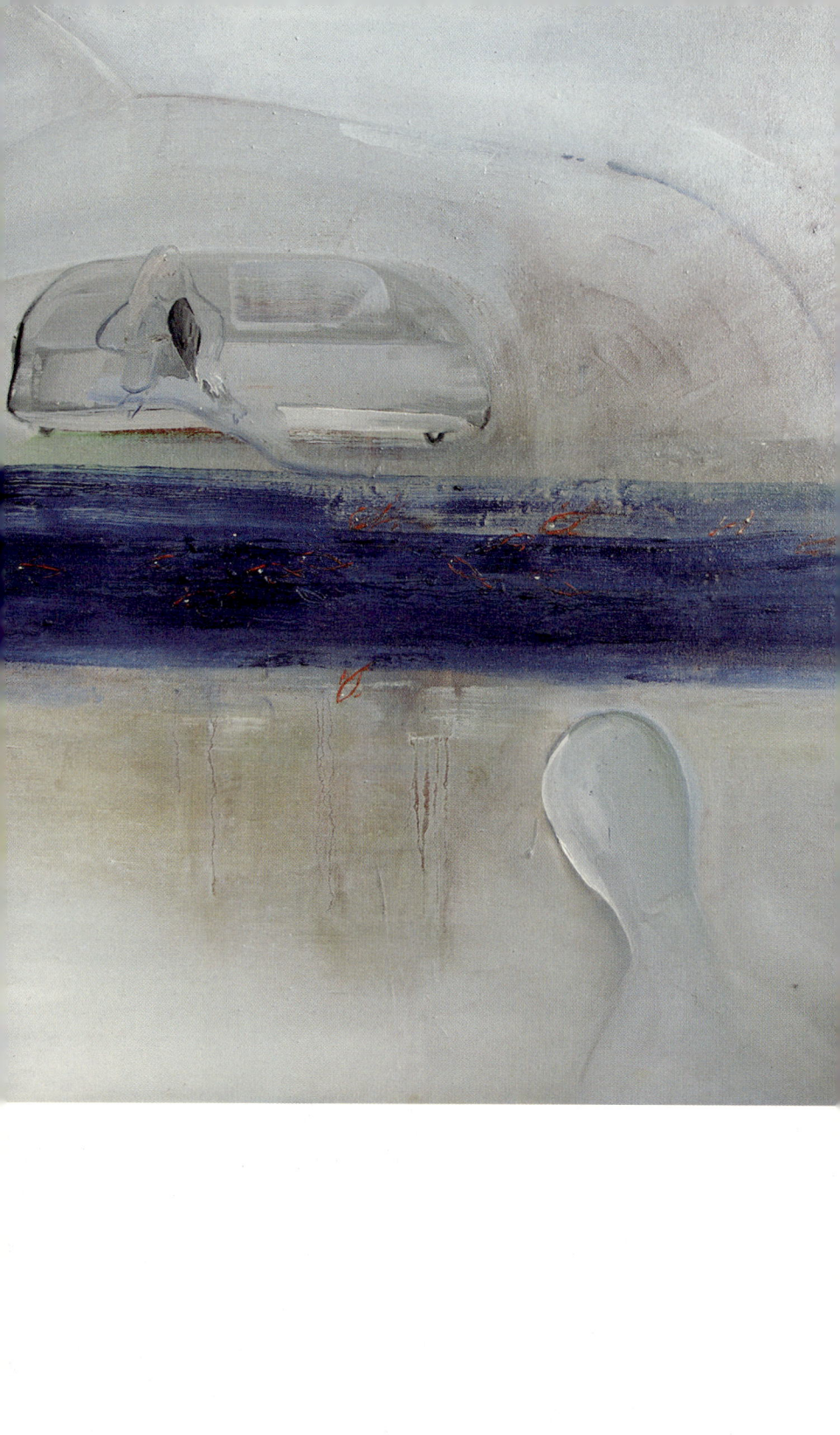

卷三

你的影子,化为涛声……

你的影子,化为涛声
在我的青春里起伏
火热的召唤
像这波浪,在峰谷里呈现

你我如花灿烂
像蝴蝶的彩翼翻飞
所有的企盼
都涌动在这变幻的季节里

当鬓发如银,寒冷
飘雪一样忽然而至
沉寂的老街深巷
是否还能响起这涌动

美丽的梦
会成为美丽的忧伤

假若你留意……

假若你留意
你会发现
这遍地皆是我对你的思念

我的情思
充溢在
四季的风中

凝成相思的种子
结穗落尘
随风遍植

无论何时何地
都有着它的根系
在蠕动

将思念铸成月……

将思念铸成月
高悬空中
月光,月光无所不至
你的眼波
也辉映在这光亮里
像悄然开放的花朵
复古悠长

柔和在你的脸上
不经意地刻在心里
万种情丝如万种思念倾泻
倾泻,倾泻在空中
于是这夜空都充满了梦
成为美丽的睡城
在银河的臂弯里起伏

爱情其实就是一种召唤……

爱情其实就是一种召唤
就像大海对潮水的召唤

没有人愿意退回
世上的一切都仿佛在迂回

我们在微笑中期待爱神的光临
一种不可言说的苦涩

我们以火热的激情抵达我们的所爱
怎能断定这不是一种对自己的疏离

静静地低下头来
天边的灰暗的五色云彩

无比深远啊
人的灵魂

爱情是一只五彩缤纷的鸟……

爱情是一只五彩缤纷的鸟
展翅弥漫在绿色的草坪
我们向它走近
它便狡猾地掠飞过我们的头顶

它是我们永远追寻的方向
却无法真正抵达

清纯是它的本色
在世俗的网罗里
何处有
不污染它的风

小小的忧伤
挂在生命的大树上
主干能经受痛苦
枝叶从何处找寻承受

被向往所沁透的灵魂

催动着我们向上的精神
但在鼓动的间隙
邪恶却向海风一样挺进

我们不怕艰辛的道路
我们担心的是迷途

我想起了你……

我想起了你
在没人提起你的时候,风和着落叶的节奏

我想起了你
相聚,随后又别离

我想起了你
星光在孤独中,而落日慌乱地收藏起它的彩幕

我想起了你
茫茫时空,从来中来,到去中去,空中,留下幻梦

我想起了你
我想留下你的容颜,你的声音

风来自无形, 归于无踪
但目极地,无处不体现风度

沿着微风的召唤……

沿着微风的召唤
霜冻的爱情
在低语的耳边梦幻

这沉重的睡眠
像黑暗中沉重的摸索
零星地留下绝望的呼喊

手指将记忆的门轻敲
天生的感官苏醒了
却撞倒在回首的门槛

遗忘
遗忘,遗忘
遗忘沉睡在伤痛里面

我把我的心……

我把我的心
放在风中
它无处不在
环抱着你

我
消散了
我的灵魂
依然抚慰你

双面时光（油画）谭冬

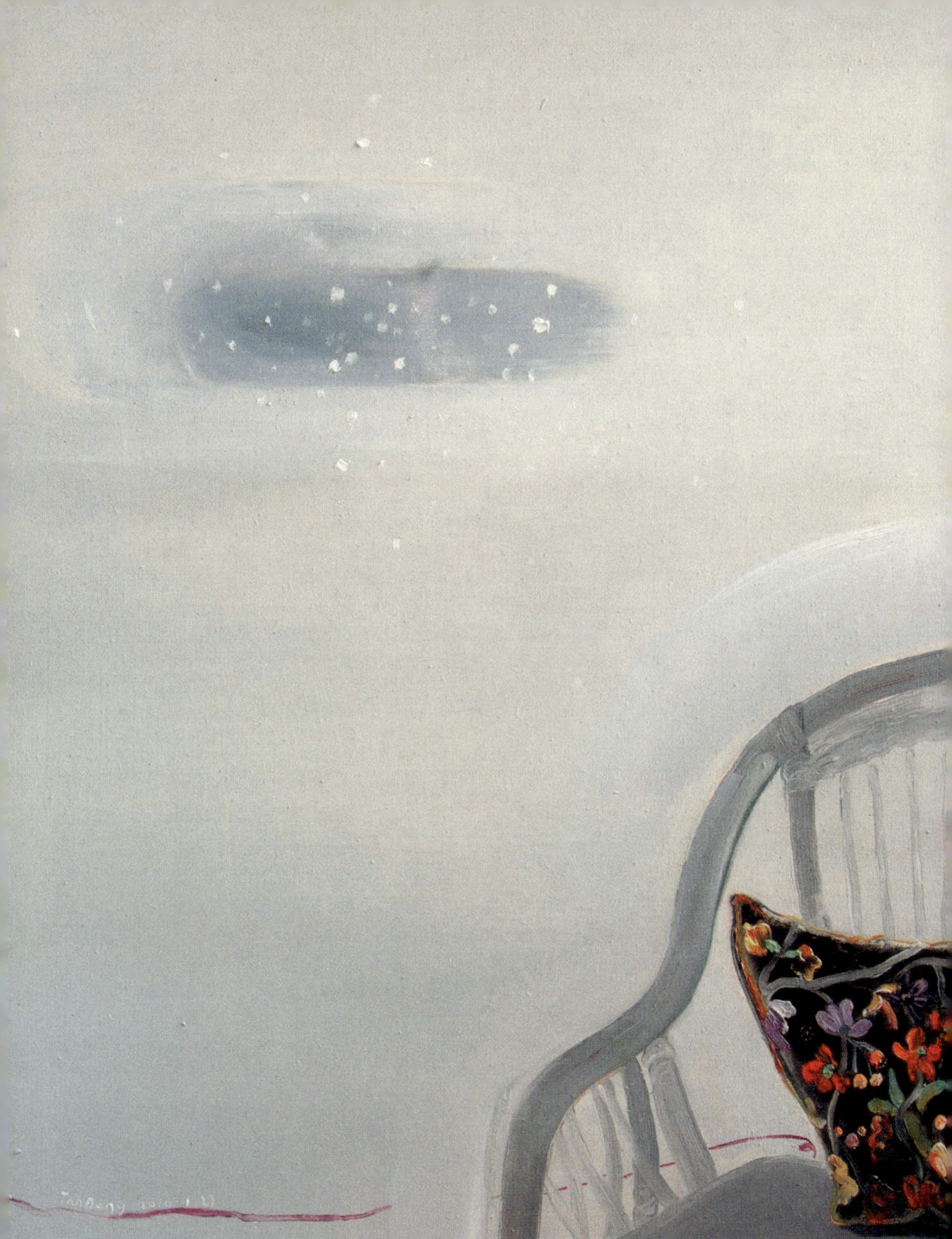

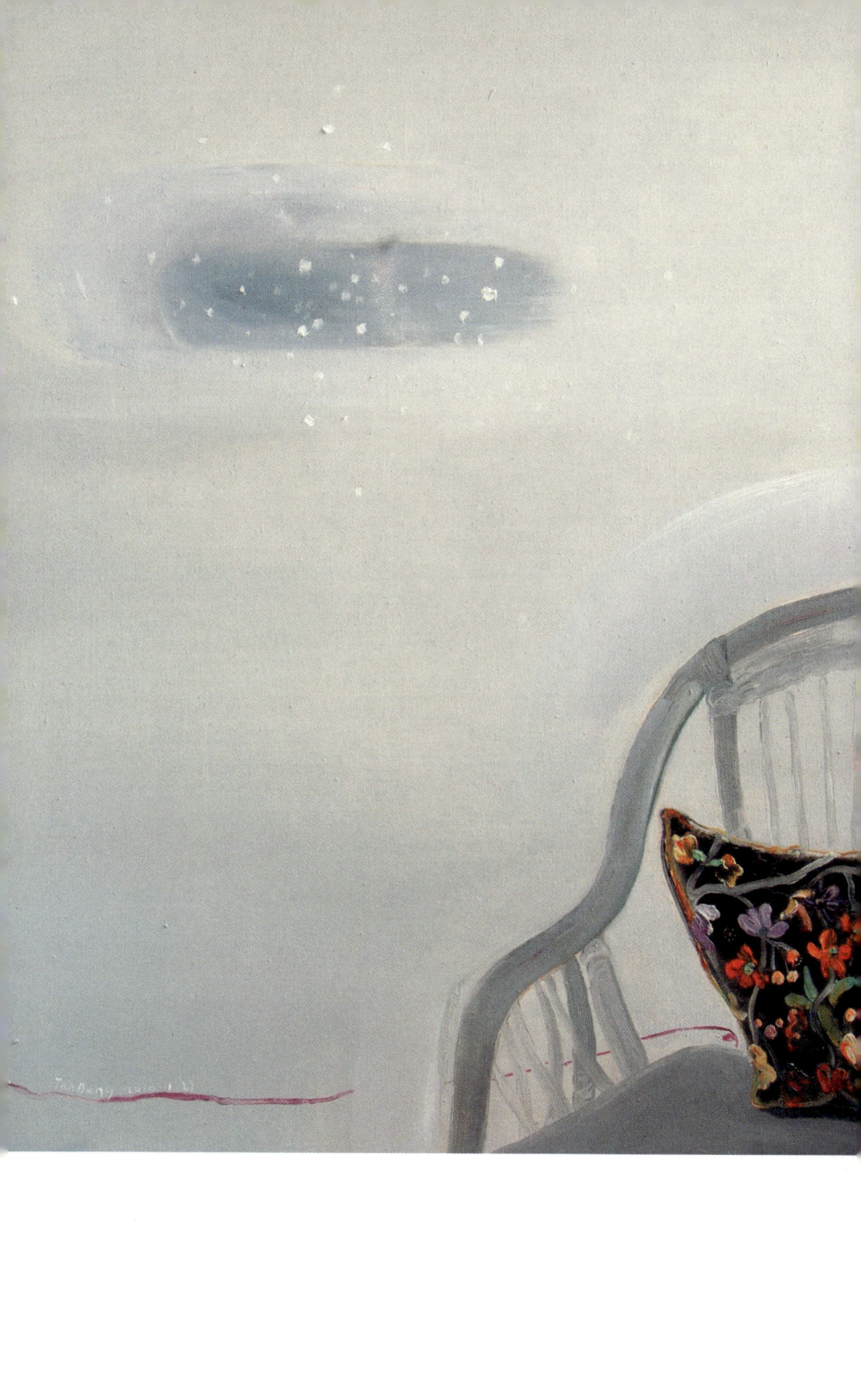

卷 四

贪婪充斥了我们的灵魂……

贪婪充斥了我们的灵魂
折磨我们的肉体,统治我们的精神
还自以为是地鼓吹这是人之本能

死守着欲望的酒杯
啜饮它的迷醉
把麻木当作智慧

在贪婪的蛊惑下
疯狂地摇动着欲望
陶醉饮鸩止渴的快乐

"我是流氓我怕谁"
恬不知耻的神情
竟然像时髦一样流行

偷欢在权力的屋檐下
把罪孽强加在司法之上
丑陋、卑鄙、媚态、冷酷,俨然成为时尚

如果说这就是死亡之旅
而我们竟不自知
那致命的一击就是:"冷漠"

它悠闲地东游西逛
自我感觉魅力十足
天然地成为罪恶的友朋

小诗一束

瀑布

粉身碎骨
骨肉,
依然相连

夜

一座使今天
通向明天的浮桥

风

时刻将自己改变

全然不顾上苍的加冕
你的自由在你的飘泊中

无题

纤云轻柔
却孕育着雷电的惊响

星

仿佛一支支蜡烛
开在深不可测的沟涧
微弱,但依然是一种存在

诗

你被太多的装饰掩盖
古典的绮罗
现代的花边
还有伪科学的鬼怪

其实你不在人之外
你就在每个人的心中
鲜活的血液
流淌着鲜艳的"朦胧"

但是你的每一次跳动
都是层次分明
鲜亮的声音
一点也不模糊

建设的爸爸……

建设的爸爸
为了儿子有个好位子
把家里所有的积蓄
都拿出来
买了台电脑
给局长送礼

局长夫人
坚拒地收下了

第二天
局长把电脑
上交给了廉政办

第三天
日报的头版上
发布了
局长坚决不收礼的消息
号召各位官员

向他学习

有福的妈妈
偷偷地在丈夫的鞋柜里
拿了十万元
打成小红包
送给了局长
局长欣然地
接受了
这私人之间的友好馈赠

微型诗

一

枝叶虽然繁多
但都源于一根

二

真理无须修饰
美从它的起点
就注定了裸露

三

月亮在水上编织着波纹

夜羞怯地在它上面沉睡

四

时间进入它的花瓣
瞬间
它获得了短促的美

五

天长地久
在墓碑上

六

雪花在泥泞中现出洁白
它既覆盖了黑色的淤泥
同时也将松的苍翠掩盖

我们被真理的力量打动……

我们被真理的力量打动
真理也在变化中

我们自以为找到了说服人的力量
它只是在空中发出了声响

没有感应的回声
就像刮过的风

到达不是对目标的祭奠
失败才是

真理并不因急需降临
但它总是在人们急需的时候被伪造

愈是期待地急切
愈是感到期待的缥缈

沉浸在走来的路上

不如行浸于将行的途中

人啊,神秘莫测的深渊……

人啊,神秘莫测的深渊
用自己的面影
做他人的明镜

总是把别人,投入其中
背对目光的寒冷同自己的影子相拥

但渊薮
却一点也不比别人的少

渊底究竟在何方
谁能测出

守口如瓶的嘴
讳莫如深

然而,明争暗斗的杀戮
却从不恻隐
醉心于贪婪,死不相容

听《二泉映月》

月光在琴弦上滚动
这潮起潮落的声音
将淹没在贪婪里的云
从空中唤醒

幽幽清泉
流动着遗憾

秋江花月夜

美在人间
构成了凄凉

映在水中的月
浮现在舞台
流逝在岁月里的光
遗弃在坟冈

快乐的鞭子……

快乐的鞭子
追打着岁月的脚步
回忆像号角
把希望的马刺
扎入遗忘的口袋

放荡穿着破衣
把仇恨这个无底桶
放在悔恨的泪水里
时间像雨丝,把日子里的网
把日子里的网——填补

有多少人在这种浪里藏生中
把自己的心灵看护
用无法挽回的时光
把生命的空洞遮掩
我的同类,可怜的灵魂

诗右铭

为人生
播撒韵律

我的韵
只有这样的声音
抵御不幸,召唤幸福
随时为道义献身

恨不是我的本色
它磨砺的诗行
散发出巨大的热爱

字里行间
韵里词外

它传输关注
它唤醒良知
它承受悲痛

它的韵如平常雨
它的音相互照应

像你的镜子
照在你的脸上
似血液
流入你的心中

我们来到……

我们来到
又将离去
风剔净我们的痕迹
沉沦中清醒
清醒中沉沦
虽然时间泯灭肉体
但思想之光永存
并且延续

死亡在曲折迂回中久卧
大海的风波不会停止
肉身屈从风的捆绑
信仰却不会折腰

邪恶将筋腱刺穿
沧海将桑田淹没
但时间的嘴唇
将人的身形亲吻

花的命运

不是迎风招展
纵使风雨一定要凋零它的妩媚
萎落不是屈服

河水
奔命地
游向大海
波涛却汹涌地回归海岸

挂在树梢的塑料袋……

挂在树梢的塑料袋
迎风狂笑着,代替着春天吐蕊

飘动　飘动它不谢的残破
摇曳　摇曳它欲飞的姿态

狂风乱飞的纸屑
铺天盖地的广告,没完没了

时间　时间似乎是踱步的疼痛的牙床
舌头　舌头不停地来回涤荡

这是一个掩面痛哭的时代
就像精心构制的新闻,泛滥成灾

诗，真正的诗……

诗，真正的诗
应是心灵的旋律
看在眼里，回响在心中

它天然地长着翅膀
随时在你的吟咏中飞翔

它使世界
放下面具
赤裸地袒露出本色

它使复杂的，瞬间清纯
漫长的，从此短暂

我(油画)谭冬

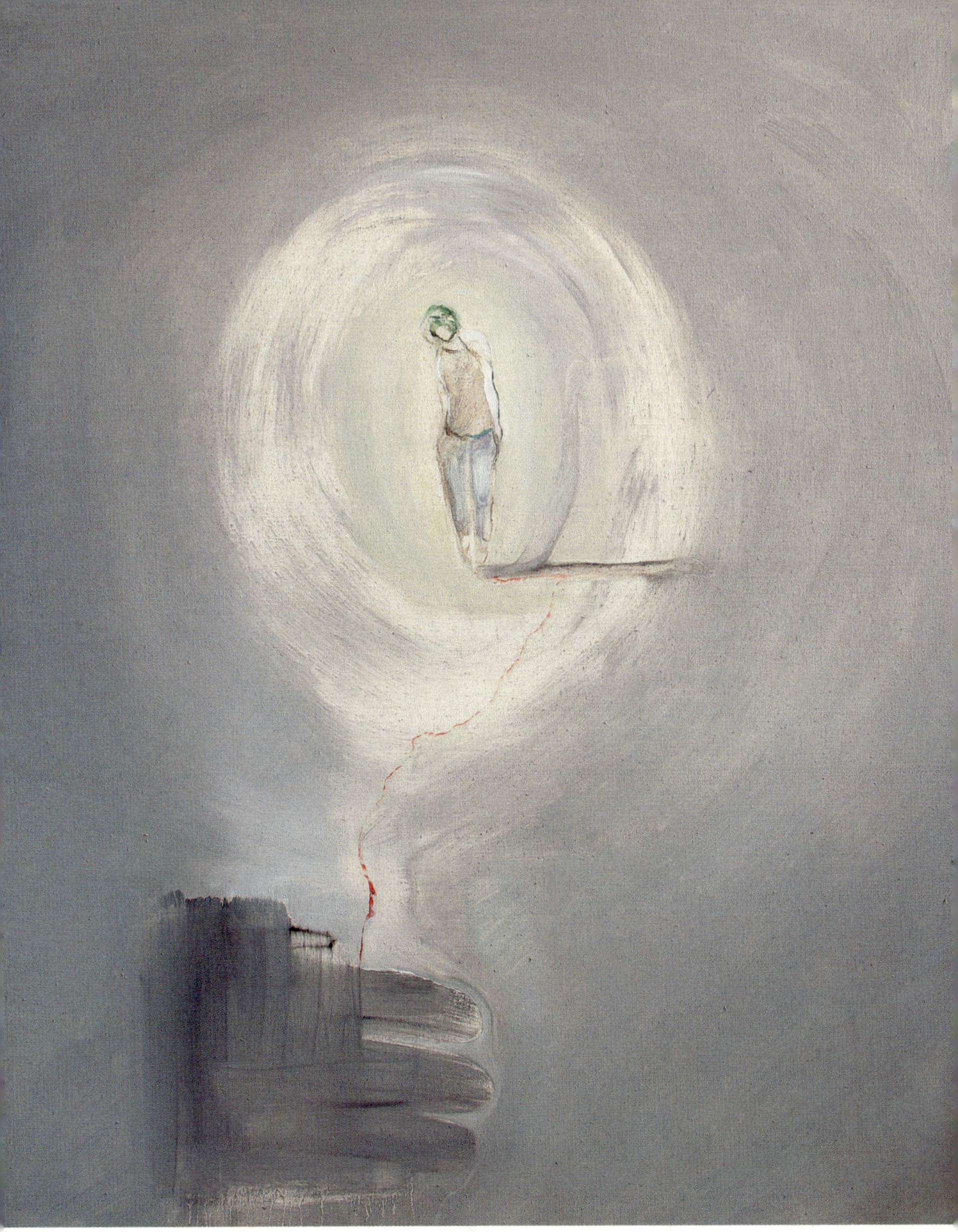

卷五

江河从来都没有像我们的门户一样……

江河从来都没有像我们的门户一样关闭,它敞开自己的胸怀,把我们的一切拥抱;它以清澈洗涤我们的污秽,在毫无保留的奉献里面回味。

我听见逝水的声音在遥远的山岗青绿,在旖旎的天空里寂静。这灵魂的居所,谁的手在将它主宰?

没有人能说清它何时降临,那清澈的寂静,像青春的颜色,散发着美丽。我们笨拙的手想超越它,于是在大地上制造出巨大的创口,涔涔泛滥,江河失容。

在灼伤的地方,痛苦的不仅是我们的河水,我们的灵魂也在接受着拷问。

春风,一路狂奔……

春风,一路狂奔,想唤醒沉睡的大地,但它卷起的却是沙尘;砍伐光秃的山梁,裸露着黄土,装修整齐的大地,灌满水泥。

一片欢喜,叫醒了沙尘暴!

季节是一座桥,恒温暖房堵死了它的通道;精心打扮的春神,懒散得像病妇一样苍白;细心修饰的草坪,杂草不生,清一色的嫩苗,幼儿般傻笑。

阳春三月的水泥道上,阳光寻找着阳春;光溜溜的大地上,只有绿色的油漆在流淌。

深秋的天空是何等的高远……

深秋的天空是何等的高远；一股沁人心脾的清凉，从恍惚迷离的空中传输。这神奇的召引，在收割后的大地上飘荡；成熟，才会散发魅力。

没有比宁静更为深远的平和，不可比拟的浩瀚就在其中。

一缕颤动的纤云，从深广的天幕滑过，单调、孤独、渺小而平静，正如我们的人生；谁不是大地上微小的一粒；思想、梦幻、行动，一切人的作为，谁能够超出。

日光在静寂中飞速地旋转，苍穹的深邃，使它安详。

有空间风才能自由……

有空间风才能自由,就像有距离,才可能相望。

相依,是相爱的最好注解,但相依不是相靠;
相守,是挚爱的最好说明,但相守不是束缚。

只有奔流,
山泉才能甘甜。

只有独立,才可能亲密。

爱情，是生长着的风……

爱情，是生长着的风，吹来又飘去；在狂热的驱使下，它裸露出情感，显示出思想的深沉，离去，又使它呈现出迷茫。

在它的初始和终结，命运注定了它的孤单，就像是花，盛开，鲜艳，而后凋亡。

怜悯不是爱情，它只能使你陷入更为深入的迷失。

爱情，这无名的生存火焰，不是它席卷你，就是你抛弃它，而最终你依然在它的里面，直至你悄然长眠。

这宿命的生存的奢侈品，成为永恒的诱惑，贯穿整个生存之中。

死去，复生！
惊醒、震颤、沉寂……

水的声音

一

我不会在沉默中把自己隐藏,尽管黑夜的长发是那样的迷人芬芳;我不会在沉默中把自己伪装,尽管深沉的名声是那样的明亮。

靠近、靠近我的心,他和你远看时的情形一模一样。

城市拥挤得像涨潮一般,我们的心灵孤独得像是已经被遗忘;天空难得露出蔚蓝,污染的尘烟,卷进久闭的屋梁。

二

在无休止的欲望中,你何时感到过幸福。巨大失意的痛苦笼罩着你的世界,如云似雨的恐怖挤满你的睡眠。在涂满金币的订单上,淌满了争斗的血腥。

你的生命停止了，你的金币不能紧跟着你，你用尽全力去找寻的一生，最终找到的是死去。

无论有多少金币，都无法改变这个结局！

三

找不到方向的日子，是一种迷茫，找错了方向的日子，心，又该如何安放？

我们一生仿佛都在寻求幸福，我们度过了艰辛，我们找寻到什么？

付出的愈多，感到的困惑愈大。

四

远离尘嚣的瀑布，在大自然的怀抱里自由。

五

日子在自己的节律中挥毫。

让它在手中发亮吧!

活着,并不是为了给人看。

六

语言是为了让人明了心愿而发出的声音,可惜,他却时常被克隆成伪饰。

七

激情流动;树叶颤抖。

八

在无限的时间里,你能看清哪些时日?

你是被它掌握,还是它被你掌握。

九

我们在什么地方,可找到模仿的东西,让它成为独特的、有益的甜蜜?

其实从来都没有可模拟的东西能让我们逃避,除了忘记。

十

看完了一个又一个的故事,听过了一首又一首的歌,深究起来,就是一个"情"字。

十一

生命的森林上空,升腾奔驰地不是银光的闪耀。

海洋的深处,太空的深处,一切存在勃发的未来,都是为了我们能够再回来。

从孤独中,阅读出豪情。

十二

搜寻、搜寻,在没有名字的地方搜寻出伟大,让时间不停留在传说中。

悄然沉寂的时刻来临,我们欣然地在此地安眠。

汉水

一

你默默地流经我们的身旁　城市沉睡了　你依然如故地徜徉　没有人知道你始于何方　但知道你终去的地方叫海洋

你的努力　离你的理想有多远　你以什么衡量你的辛劳　你把什么作为酬报　何处是你的故乡

昂首走过险滩　山涧　对阻拦和挽留　都报以微笑

海在你的心中　那是你的故乡　只有走向它　你才会有力量　那茫茫一片的宏大　一点一滴的都来源于此

二

伴随前行的只有孤独　但是你不把它当作困惑　一步一步　把风

暴的侵袭　转化成为自己的强大

不被四季的美景诱惑　拿出世人无法度量的博大　把路经的一切都无私地珍藏

一马平川的坦途　你不把它当作幸运　怪石崎岖的坡地　也不把它当作坎坷　一切都是行进中的必然　你的心中只有向前

三

太阳升起的地方　日子浸入了寒冬　冰块捆绑了你的脚步　你沿底爬行　没有失尊的屈辱　你的腰弯在你的理想中

污水浊蚀了你的身体　你失去了本色的清纯　但你没有怨恨　也没有自弃　依然默默地奔向大海

蓝色是你的梦　没有什么能比你的梦更为深远　每一次的延伸　都意味着你在向前

悬浮的旅行（油画） 谭冬

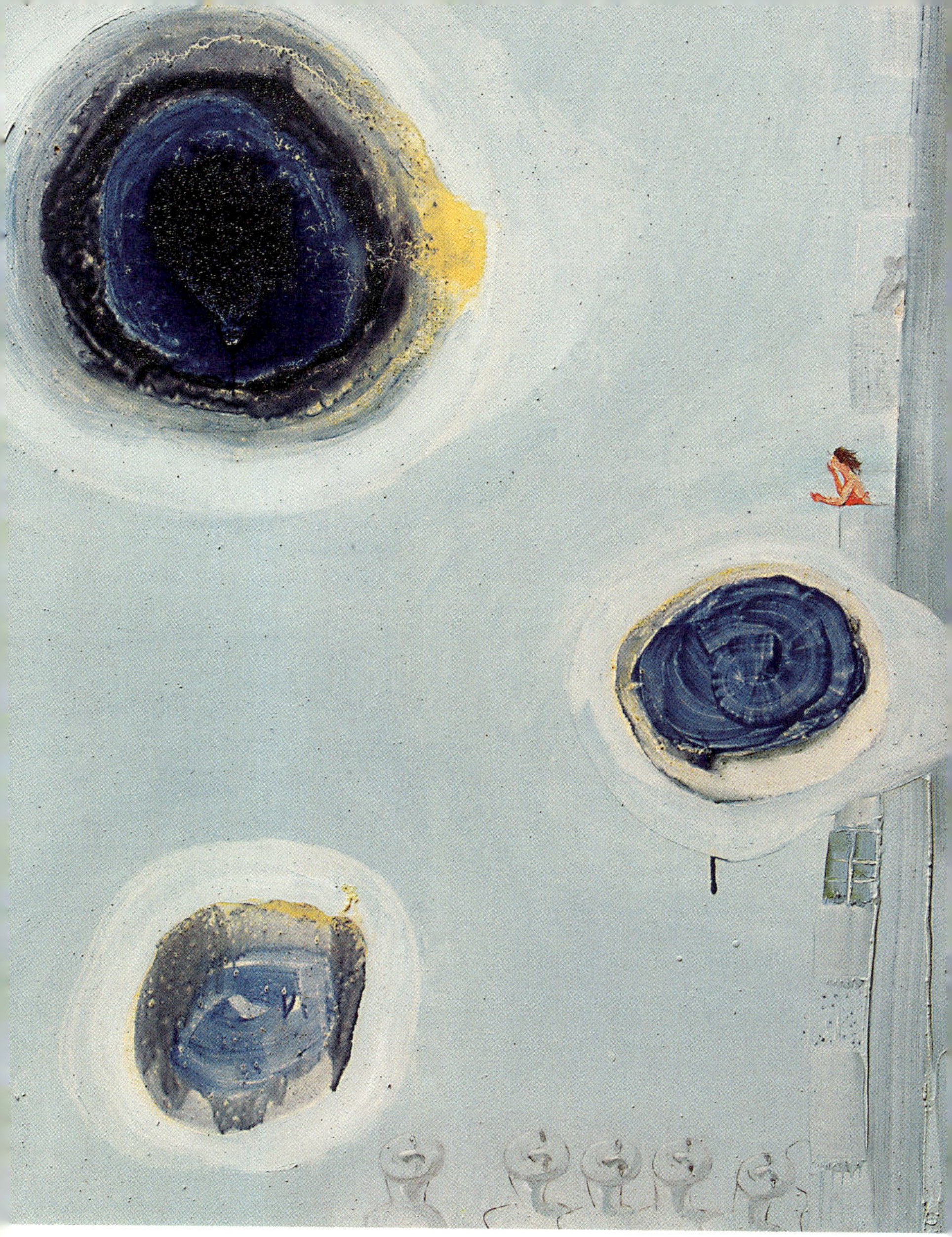

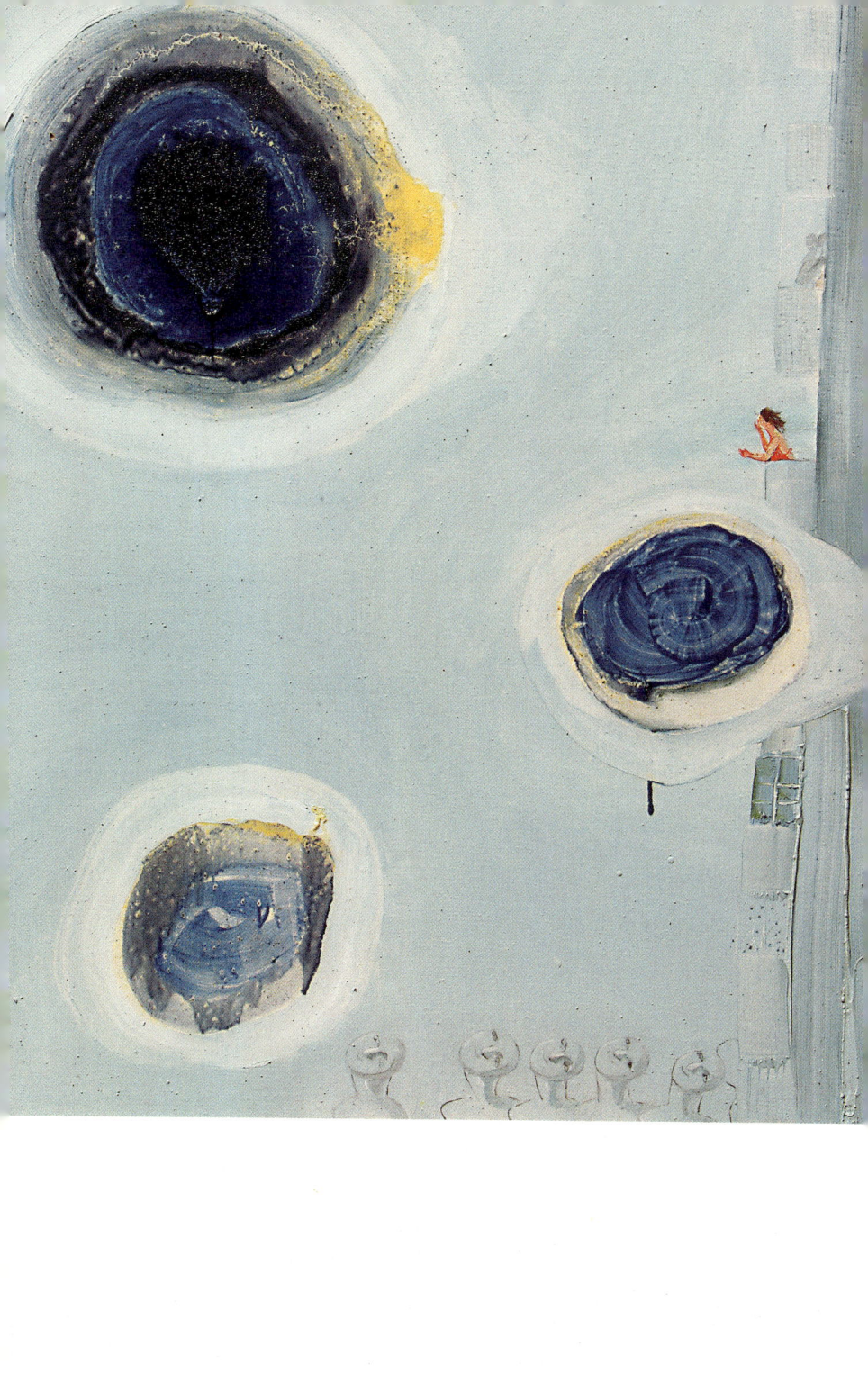

卷 六

把什么留在了意大利……

把什么留在了意大利
我带走了什么
从散发着夹竹桃清香的半岛

我看见了久远的岁月
人们有力的脉搏
挥动在起伏的山谷

生存还是毁灭
这是一个从生命源头发出的疑问
并没有因角斗场成为废墟而得到回答

梵蒂冈的钟声依旧在空中回荡
昨日的布道者
今天又安身何处

写尽了人间情事种种
也不能把人的本质看透
为了生存

人们依然深入在爱河中

我看清了什么
从遥远的山谷

我得到了什么
在古罗马的废都

能否说
远离就是一种亲近

在渴望里
哪儿是我们灵魂的出处

因斯布鲁克的宁静……

因斯布鲁克的宁静
沉寂在阿尔卑斯的山谷
清凉渗透在夜色中

安谧像月亮
悬浮在阿尔卑斯的山峰
古老的民风像古老的城堡一样完整

仰天长看
成群结队的繁星
像欲望一样深远

也有尘烟
但浮躁的情绪
不在其中

绿像是流云倾泻
倾泻
倾泻在目极之外

微笑
化解陌生
竞争，无须握拳

人
最终的终点
何尝不是一种和谐

茫茫雨烟锁住了郁金香的大地……

茫茫雨烟锁住了郁金香的大地
风车成为旧迹静静地安卧在风中
怎样的心情回荡在阿姆斯特丹上空

自由的风
自由的风离去又回来
绿色在云雾中嬉戏

飞翔,飞翔
我们总是在渴望中努力逃脱我们的所有
渴望,渴望以至虚空

因为有梦
因为有梦
所以我们格外坚强

能看清远方的美丽
却无法将眼前的美景留住
清晰只是瞬间,转眼成为记忆

我们一生的努力
何尝不是一种挽留
挽留以至思念,思念以至疼痛

蒙特马特高地的风……

蒙特马特高地的风
吹透了我的灵魂

那从内心深处发出的隐语
从何处倾吐

举目巴黎的美景
为什么在我的内心成为孤独

喧嚣成为思念
升腾在圣心教堂的上空

这不是我的巴黎
纯静并没有在这里生根

红磨坊的灯光
不能把我的内心照亮

看尽了人世间的荣辱

不被识透的忧伤在高地的啤酒馆里徜徉

什么是不被发现的秘密
穿过了塞纳河的云，河水依旧在流行

塞纳河在巴黎的胸怀里扬波……

塞纳河在巴黎的胸怀里扬波
流逝的情怀能够追忆么

巴黎圣母院的钟声
依旧在耳边回荡
敲钟人的身影
已经历了无数次的变幻

这不是我的巴黎啊
却是我生命中无法割舍的梦

流光溢彩的人间喜剧
日夜回荡在枫丹白露
巴尔扎克逃债的身影
并没有改变岸畔小路

世事幻变
变不去尘世的晨昏循环

茶花女的香泽
依然在红磨坊的灯红酒绿里飘荡
小仲马的苦恋
并不因王朝的更替而清淡

在香榭丽舍与凯旋门构成的中轴线上
巴黎美丽的姿色像塞纳河的情波一样悠长

莫泊桑的阵痛
在巴黎的灯红酒绿里遗忘
仿佛所有的恋情
都已成为过去

一个由金钱构成的世界
哪里有什么浪漫

卢浮宫记录了巴黎的辉煌
也记录了人类的兴衰荣辱
这是一个强盗的世界啊
经历了无数次的转换又有多少改变

游客们留下了无数的照片
却无法留住依恋

路易十六上绞索的故事
仍是人们津津乐道的谈资
惊恐
随着目击者的离去消散

这不是人的本性
却随着真实的淡忘而肯定

这不是我的巴黎
在匆匆离去的回首
你成了我伤痛的记忆
就像你的天空突然充满了雨

断桥的积雪……

断桥的积雪
在你的美好中解冻
这非一日之寒的冷酷
能否从此融化

我的左脚
急切地迈入青春
我的右脚
却被深陷疲惫的伤痛负累

噢，我的格格
我的心被你点燃
它燃烧在冰火之中

等待的孤独
在热望的期盼里焦灼
我仿佛被激情燃遍

向往

是否就意味着永恒

永恒
是否就意味着永远

在一阵轻松的眩晕中腾空而起……

在一阵轻松的眩晕中腾空而起
仿佛挣脱了大地的牵引
似乎分离
却更加相依

我不把这暂时的分开
当作游戏
所有的喧嚣归于平静
何处能找到旧时的你

一心向往飞翔
伸入空中
极目的云海翻腾
获得的不仅仅是振荡

不把恐惧放在心上
有生必定有死
云涛啊,请赐给我清醒的力量
我决不把勇敢当作无知

无边的蓝色
我感到了美丽
翻滚的白云
注入了我力量

仿佛是沐浴天空的神奇
吞食了苍穹的种种诗境
我浸透在星光的诗句里
把蔚蓝的神秘唤醒

太阳像是调遣云雾的圣手
激活着云涛的节奏
辽阔的天空
顷刻像大地一样渺小

这被太阳撕裂的天空
激荡，振奋，翻滚
飞机伸展着它的翅翼
像是回应

这里没有黎明的回忆
因为紧跟着太阳
这里也有颤栗
热情在崇拜中上涨

阿尔卑斯山的起伏
在瑞士的湖光山影中闪亮
大地像慢慢升起的风景
在蓝色的天空里飘荡

沿着航线
我注视着云涛的白浪
在潮头扑向机翼的一瞬
我仿若置身于白云的海洋

我已无法分辨地球的颜色
就像是梦想进入仙界
在难以置信的向往中
现实就像是梦幻

我看见云波在日光里的幻影
像上升的愿望一样腾飞
然后破灭
似乎得到了回归

向前，上升，回旋
带着可能跌落的命运起降
散发着紧张
但没有畏惧

蓝色是一种激荡
就像山河会歌唱
带着凌空的翅膀
在清风里远航

有时也会有几分厌倦
就像冥想偏离了方向
但是有明确的目标
迂回也是一种成长

思绪在震颤里摇荡
升起意味着平地也将是深渊
即使没有对死亡的恐惧
生也将是一段漫长的紧张

没有对命运的叹息
让不快像遗忘一样过去
不陶醉在梦幻里面
如果是苦难根本无须躲避

自由是对自己的选择
没有约束的观念
即使融化在蓝天里
也会有风暴席卷

踏着云涛的狂跳
像是接受它的护航
一道道云烟疾驰而过
像是命运闪射的光芒

日内瓦湖的喷泉
在脚下隐现
像是白色的花
在日光里盘旋

大地是漂亮群岛
在日光下酣睡
令人心醉啊
这仿佛就是我们每个人的未来

柔情如水的蓝色
拥挤在我们的头顶
像是沉甸甸的苏醒
在风烟如梦的彼岸

我不能永久地沐浴着你的梦幻
就像我们永远也不会把你追随
在永不间断永不止息的航线上
运动的永远是回归

不容抗拒的苏醒……

不容抗拒的苏醒
在无声无息中漫延
无边无际的嫩黄
奔驰在美索不达米亚平原

离开冬眠的冰床
春天坦然地走上日光大道
然而在伊拉克的上空
美英的冰雹却在沙尘暴的牵引中起爆

这是血与火的引爆
遍燃的却是刺骨的寒冷
这是三月的天空
一样的风却是截然不同的两种飘动

求生的婴儿
不能阻挡"二十一世纪的狂奔"
春天,在幼发拉底河
与底格里斯河的交汇处哭泣

THE ROAD NOT TAKEN / 未选之路

Robert Frost（1874 ~ 1963）罗伯特·弗罗斯特

文爱艺 译

TWO roads diverged in a yellow wood,
And sorry I could not travel both
And be one traveler, long I stood
And looked down one as far as I could
To where it bent in the undergrowth;

Then took the other, as just as fair,
And having perhaps the better claim,
Because it was grassy and wanted wear;
Though as for that the passing there
Had worn them really about the same,

And both that morning equally lay
In leaves no step had trodden black.
Oh, I kept the first for another day!
Yet knowing how way leads on to way,
I doubted if I should ever come back.

I shall be telling this with a sigh
Somewhere ages and ages hence:
Two roads diverged in a wood, and I—
I took the one less traveled by,
And that has made all the difference.

黄色的树林里分出两条路，
可惜我不能同时涉足
我在路口久久伫立
向着路径极目望去
直到它消失在丛林深处；

我选择了其中的一条，
它芳草萋萋，幽深静谧，
似乎更诱人，美丽；
虽然两条道路相差无几
都很少留下人迹，

而且那天清晨落叶满地
芳草无痕。
唉，留下一条吧，等来日再见！
尽管我深知路途绵延无尽头，
恐怕难以回首。

多少年后在某个地方
也许我将轻声叹息：
一片树林里，分出两条路——

我选择了其中的一条，
从此决定了我一生的道路。

罗伯特·弗罗斯特（Robert Frost，1874~1963），生于1874年3月26日，是20世纪最受欢迎的美国诗人。曾赢得4次普利策奖和许多其他的奖励及荣誉，被称为美国文学中的桂冠诗人。

他曾当过鞋匠、教师和农场主。他的诗歌从农村生活中汲取题材，与19世纪的诗人有很多共同之处，较少所谓的现代派气息。

这个世界下了雪（油画） 谭冬

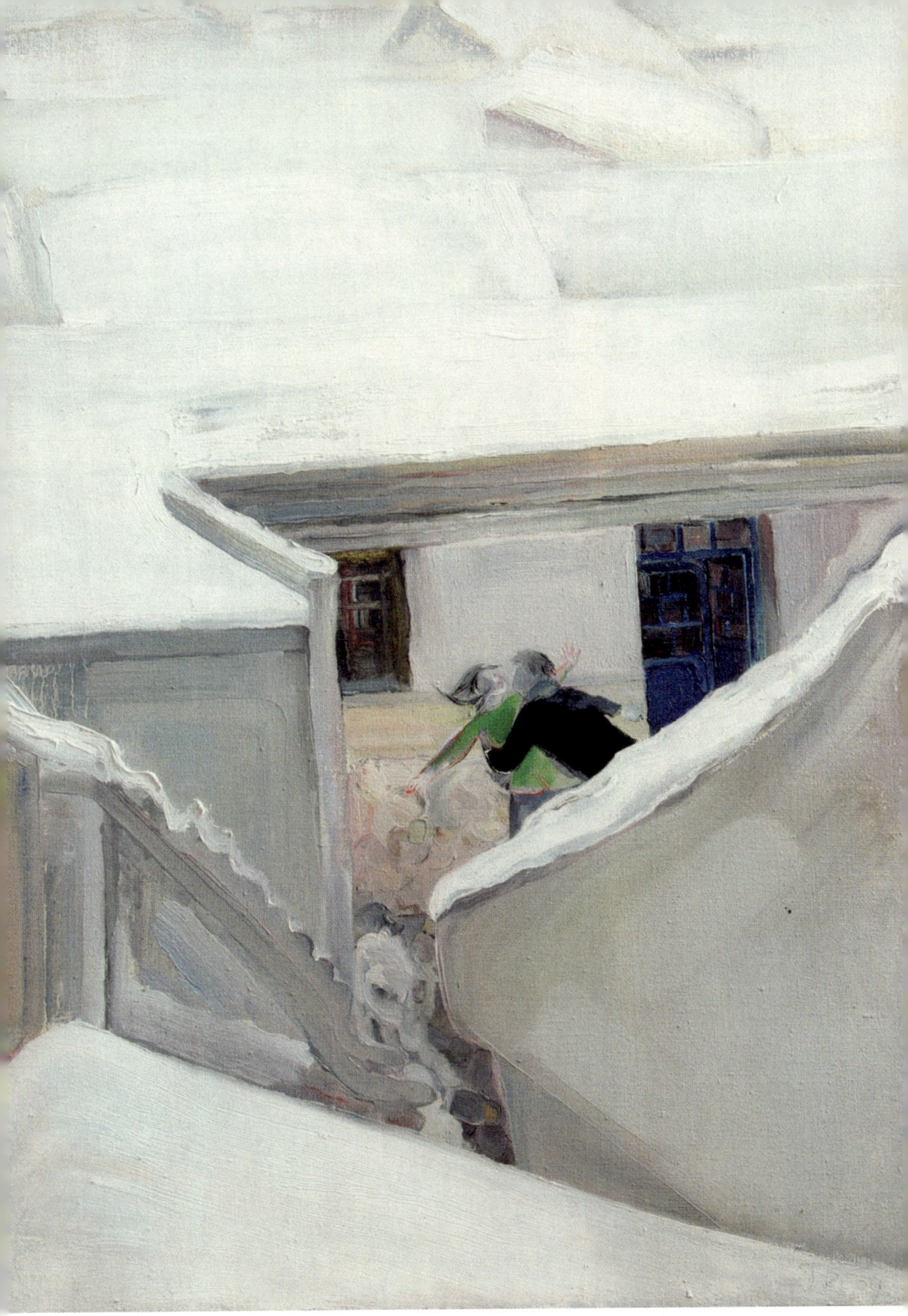

卷 七

心灵选择自己的朋友……

心灵选择自己的朋友
在相互的感悟中呼应
然而太多的杂念混迹其中
心灵在选择中孤独

未曾谋面的朋友啊
让梦幻的焦渴在美丽中闪烁
别让心灵退位于谋略
我们已经被太多的心计所伤

千禧日

抓住落日的影子
抓住它
这瞬间即逝的幻影

然而日子,还是淹没在时间里面
人们刻意地为它命名:
2000年1月1日0时0分0秒

这是人们对自己意愿的挽留
一个刻意的纪念

但是时间
还是在按原来的步骤旋转
并没有因依恋而改变

抓住,抓住
抓住鼓动灵魂的钥匙
那鼓动我呼吸的灵魂

在渴望里面
一切都似乎透明

透过夜的尽头
无数只迷路的鸟在漂流

抓住,松开
松开,抓住
再松开,再抓住

这就是日子

经历过无数次的重复
依旧在欲求的循环中

一切自慰
都容身在谎言里

一朵黑色的火焰
像是对你的温柔
在真诚与伪善里布阵

打开手
触摸的感觉
诱惑你本能地抓住

香艳
惊跳地鼓动着你的跳入

赤裸的记忆依然年轻

它本应是对你的无限照顾
然而一只哑然的嘴
在红色的碰撞后，成为失忆的呕吐

这是生存的陷阱

不是开始
也永远不会结束

只要生存
法则只能照旧

抓住，抓住
当一切弃之而去
你只能够用力地抓住

最终我们依然要松手
思想，灵魂，情绪
这无休止的永恒循环

但道路不是服从
在空中闪烁的明亮
会将你有效击中

尽管睡眠会给我们带来瞬间的看护
但明天不会是自然的拯救

一切仍需你自己行动

不被诱惑的眼睛
才能够天然地自由起伏

经历

一

是起点
也是终点

遥望阿房宫
一把冲天的怒火
让金光灿烂的辉煌
只能够在史书里存活

生生不息的命脉
在时间不朽的链条上结果

静寂的时光
不是沉默
它将一切
在不知不觉中消磨

遥望蓝天空阔
阵阵群鸟飞过
不是隔得太远
而是不同的种性无法交合

二

花开盛艳
随后就是枯萎

有什么能够阻挠
时间的出没

这秋水般的安谧

看似平静的愚弄
总在睿智的箴言里
把你掏空

无法瞭望的窥视
伴随的不仅在旅程的中途

在终点
它也在把你相伴

这就是开始意味着的终结

三

即将离去的夏日
正同初秋的身影在悄声低语
这只有上帝才能知晓的秘密
在它们之间传递

我们从来中来
到去中去
无法破解的谜底
在人的心里

四

谁说人生不是一座炼狱
但又有多少人能从中
磨练出身心的康健

满怀着对灾难的清醒
依然要染上疾病

在生存的死亡线上
不是你占有生存的道路
就是你被挤入无限的虚空

五

温暖在情怀里上升
我们在痛苦里
试图解开
存在的谜团
但炼狱的烈焰
在战栗的浓烟里昏迷

一切都在旅途中

我们用一生的努力
去完成征服

我们征服了什么

一个个死去的旧梦
在野风里寻呼

六

我们从出发的地方
又回到出发的起点
在经历了无数的经历之后
收获的竟然是

这一切只在瞬间

无法挽留的黄昏
在"依稀可辨的万物"里
"模糊了落日[1]"

这黄昏的轮廓在星星的闪烁里沉没

自注：[1]引自[美]卡尔·桑伯格的诗句（译文见中文版《芝加哥诗选》孟宪忠译，漓江出版社，第115页）

头高挂在铁钩上……

头高挂在铁钩上
肉一块块切下来
进入口中

羊大为美
但小羊也被剥了皮
因为贪婪的口欲
等不及它长大

狗肉
也混入其中
并没有多少人认真地区分
肚里需要的是肉
管它是狗肉羊肉

没有人怜悯它被宰杀时的痛苦
仿佛它生存的目的
就是为了要表达这声声的惨痛
一刀刀割下去

顷刻间一只鲜活的羔羊失去了影踪
只有那高大的铁钩急切地等待着下一轮的沉重

茶

蜷缩的躯体
停卧在枯萎的憔悴里
任人把玩的命运
似乎生机已成为过去

投入沸腾的水中
你立刻就伸展肢体
像是获得重生
呈现出更新的生趣

恬静幽然的形态
是你涅槃后的清醒
一缕淡淡的馨香
仿佛流逝在花朵里的记忆

甘夫人墓[1]

相思树在你的墓上缠绕[2]
这忧郁的古木
仿佛在诉说着爱情

有过爱情吗?

墓碑上没有记录
碑旁的鸳鸯树
像是寓言

谁把你培植
谁在夔门月圆的江畔把你怀念

沉沦的江水
在险峻的峡谷中奔流
岁月消逝的涛声,把爱情流逝

你我将在这流失中消亡
但江水依然翻腾着壮丽

自注：[1]甘夫人，系刘备的夫人，葬于奉节古城（今夔州宾馆皇思楼旁）；余受三峡诗人杨辉隆、冉晓光先生之邀，徒步走瞿塘，夜宿皇思楼，窗畔即甘夫人墓。[2]甘夫人墓畔，有一棵古榆树，树主干内寄生一古槐树，当地人称之为相思树，亦名为鸳鸯树。

风铃子

风的嘴
轻舐着你的脚趾
何等荣幸的举止
在夜的情网里起伏

今夕何夕
幽深的夜
像是久已疲惫的旅人
在沉静中深睡

月光的触须
伸了又伸
总是无法触及向晚的背景
在漆黑的夜的皱纹处

面目

一

贪婪是无处不至的风暴
毒化着我们的灵魂
为了虚荣的一瞬——饮鸩止渴

像是有无限的饥饿需不止的填充
以一种不可思议的欲求,从灵魂之门晃过

用一种高度平静的伪善
装饰内心歇斯底里的疯狂
把人心陷入不可捉摸的深渊

穿过被浊水染色的清澈河流
绿色像是一个梦,在散发着恶臭的城市上空飘游

谁把心灵看护
在发表猥亵之文的刊物上

是谁在把它的"技艺"传颂

我看见狂欢之梦在一节一节地吞食着夜空
闪烁如日的霓虹灯把夕阳和朝霞连成一线

仿佛光明就存在其间
我们的睿智沉浸之中
像是惯于陶醉的幻影,在摇头丸的作用里面

二

在水泥钢筋铸就的家园里
我们用铝合金和钢丝把防盗网裹在外面
——"永固的灵魂之所"

我们在沾沾自喜的陶醉中
把这"无限风景"张扬:"终于有了自己的一片儿天地"

这满足我们惯于想象的甜蜜
像是瘟疫
飞速地传递

需精心护理的这一块儿
尘灰不染,蚊蝇不至,臭鞋也弃在门外

垃圾在外面长大
匪盗在外面尖叫

受辱的倒霉蛋儿在外面呜咽

瞎了眼的窗户上,长满了惊奇的眼睛
把这惊心的一幕观摩,收视率胜过了黄金时分的电视剧

在自恋的幸运中
我们的冷漠
滋润着恶的成长

三

"谁敢说我们已疯狂
我们是凡人
没有什么不同寻常"

"让圣人去清理门户吧,我们只想拥有安宁
吃饱了没事干的人才高唱《国际歌》"

于是自私的声线
一浪高过一浪
在打倒的精神偶像的面前

我坐在灯光星光目光交相辉映的悲剧旁
注视着天然的飞速毁灭,病玫瑰枯萎的身形摇曳

通体照亮的城池

不夜之乡的美丽
充溢出醉酒的迷人芳香

仿佛一切都将迷醉
迷醉在淘空的身体里,飘然仙去

从外观看
我们不是缺乏幻念
而是自以为置身天庭

《面目》跋

活着!

我们为什么活着?

似乎有答案,然而举目环顾,浮现的却是茫然。

物欲的无序膨胀,迷失着我们的灵魂;是与非、真与假、善与恶、美与丑,浑浊在利己主义的冰水之中,凝固成冷漠。

我们漠视污泥浊水涌入清泉,我们漠然恶行在我们的眼前挥鞭!

美丽在阳光下枯萎,我们却陶醉在时尚的美容院里,把脂气胭粉调弄!

我们似乎充满着智慧,瞬间暴富在"机会"的媚态中,然而我们在自己的生存空间里制造的却是难以修补的"空洞"。

我们似乎风光无限,富态无比,然而我们却什么也带不走;
赤条条来,空空地去。

活着,如果我们不能益人,又何谈利己?

活着,如果我们不能怡人,又何谈悦己?

活着,如果我们不能自由空气,空气又如何自由我们?

应《新东方精神》编辑李吉琴之约为《面目》所作的跋

怀着同样的情绪……

怀着同样的情绪
我们的灵魂在盘根错节的城市寻觅灵魂的出路
那油污状的河水在桥上成群结队的汽车里倒影
像日出一样把城市的绿色淹没

在没有鱼儿的河水中
下岗的老妇用废旧的鱼杆儿把漂浮物一一勾起
那散发着淤臭的回收物分门别类地在日光下闪亮

瞧,这死气沉沉的天空
像枯萎的三春树在烈日沉闷的封闭里悲凉
惨不忍睹油腻腻的排污处
无法翻新修补的黑色轮胎在接受着永不休止的惩处

也有不知名儿的野草,低矮但依然挺立其中
那满身的凄凉,遍布通体的孤独
寂寞一样在消失的前夜穿刺

虚弱的主茎,像无力的手臂一样纤细

挥动着穗状的针树叶,像是对恶的致意
在无助的自救中
希求获得宽恕

郁结着尘垢污烟的夜空,像干枯的电线杆儿
紧闭着痛楚的黑色眼睑
沉睡在假寐中

可怜的死一般寂静的风
什么时候你居然也学会了把自己照顾
你的睿智
也承继了绕道避行的招数

亡魂何处
一棵挺拔的钻天杨,像是生锈的亵渎
把一行行挥舞的救助看护

日落时分的幻影
在夕阳的监视下
一步步进入
无形的夜幕

无论有多远……

无论有多远
仍然有无限的空间在扩展

时间在闪现
但有限的生命
迫不及待地想把它走完

我们感到似乎占有了优越的时光
但是我们却无法用这些时光走完永恒
我们指点江山的手指会很快垂下去
但是江山、江山依然在

我们希望是勇敢的泅渡者
微笑着跳入生活
但是我们的梦想太多
只能够在此中沉浮

仰望着拥挤不堪的天空
大地在沉寂中日益黯淡

我们似乎走在文明的前面
其实我们离文明已经很远

文明
是焕发出一切生命的勃勃生机
但是我们却在文明的外衣里面制造着病变

所有的疯狂掠夺
最终都是失去

生命是一种不可言说的优美……

生命是一种不可言说的优美
它的温柔体现在每一瞬
它的冷酷，也闪现在每一分

温柔和冷酷，交替其中
所以生死相依

每一种情形都不仅仅是宣告自己的存在
它更多的是预告了自己的未来

没有更为遥远的星辰
每一个闪亮都预示着自己的遥远

无论有多远
仍然有无限的时空在外面

其实每一个中心
都是边缘

伸展、向远方伸展,只要你倾力进行了伸展
那伸展的地方,就是终点

太阳也有太阳的局限
尽管它的光明,似乎无边
目极之地,并不是天边

灵魂是生存的武器……

灵魂是生存的武器
比闪亮的屠刀锋利

锋利地
可以将一切所及
穿透

它没有传承者
它自己就是最好的继承者
在继承中完成它的传递

无需说明
它们在各自的存活里
宣讲着各自的教义

遗传下来的
便是自己最好的说明

时针是命运的手……

时针是命运的手
把沉重的钟锤摇晃
冷漠,无情

它使悲喜云烟般飞逝
成败瞬间失去影踪

一次一次地响起
仿佛在说:我将永远成为过去

日渐短促,夜渐悠长
伸缩都在它的里面匆忙

稍待你将停息
惟有它
永不休止地回响

我的心向空中飞……

我的心向空中飞
为了远离污浊
为了寻求阳光，寻求明媚
为了抛弃贪婪
我的心向空中飞

不是远离生命
茫茫的云海在浩瀚中翻腾壮丽
这永不停息的运动使生命溢满光彩
蓝色明亮的深邃在黑暗中轮回
不是远离生命

生存的意义在心中体味
忧伤不会将动力唤醒
远离无益的纷争
让忧郁在灵魂中沉睡
生存的意义在飞翔中体味

爱是人间最纯洁的和解

蓝天在爱中喜悦
一切值得奉献的真情都值得奉献
付出不期待回报
爱是人间最纯洁的和解

距离不应是遥远
生存发出呼唤
所有的轰鸣都应是动力
生命的欢乐在奋斗中
距离不应是遥远

时间稍纵即逝
空中不会永远天真烂漫
即使狂风将整个宇宙席卷
这雄奇的伴奏也仅是为了助动我们奋力向前
时间稍纵即逝

年轮

之一

雨是春的脚
在静止中流动
在流动中静止

风是春之裙
飘来无限的绿
洒满大地

似乎走了很久

谁在咫尺
谁在天涯
春寒在晨风中抖落

不断变幻的色彩

永不休止地
运行

之二

火红的太阳
在空中逍遥
卧入地平线
依然
在夜空热闹

晚风吹亮星火
打开思想的翅膀
这炎热的夜色
也仿佛融入了它的遐想

一颗流星闪过
清澈的幻觉
覆盖了心窝

这是什么样的招引
在一点一点地失落

风躺在夏夜里沉默

之三

树叶枯黄了
正接近消失
天空也似乎要离去
高远得像是在飞

声音显得格外辽阔
稀稀疏疏
像是分娩后的虚脱

这是成熟的季节
也是收获的日子

但云的翅膀无可挽回地步入深秋

之四

一场大雪
似乎将一切,都已覆盖
它仿佛是在表白:过去的一切
最终都将被掩埋

纷纷扬扬
随后在黑夜中凝固
像是厌倦了飘流

将自己紧紧地融入泥土

月光举起它的镰刀……

月光举起它的镰刀
在大地上收割思念

夜漫长而短暂
时间无法睡眠
永不休止地在旋转

生死成败
贯穿其中
日光的鞭子放下了
月光的刀子依然存在

我们从来中来
到去中去
无形的锁链
一直
延伸到终点

谁是我们的最初

谁是我们的最后
循环的声音
此起彼伏
如流动的水
消失在目极之外

写真录

一

心中孕育着憧憬
我们在激情的驱动下运行
仿佛沉湎于幻景
我们的心在飞

厌倦平庸
逃避,陷入得更为深入
世界似乎很小
触摸,却异常的辽阔

我们用有限
度量无限
看似在不断地前进
实则在来回地旋转

二

奇异的命运
人永也无法摆脱的折磨

为了获得短暂的刺激
在自焚的毁灭中娱乐

寻觅，寻觅，寻觅
凝眸远眺
无限云烟的风波
在招邀

仰望碧空
梦想的天堂在辉煌
狂欢的盛宴
触上晨曦的暗礁

三

天空大地
飘浮其中的不是虚空
无法触摸的感觉
警示我们的虚弱

记忆铺陈在我们的脑海

我们回应的时常是冷漠

目睹
我们看见了什么

永不止静的枪炮声
此起彼伏
像是惯于血肉相搏
似乎这是最好的说服

四

渴望
点燃无法抑制的激情
失望
又将一切的不幸归之于命运

我可怜的同类
目睹
这真是一种厌倦

灿烂而后辉煌
辉煌而后灿烂
这永恒的循环
充满着诡谲

五

发现
刚刚等于寻找
毫无廉耻的张扬
激奋如潮

仿佛天堂之途
盖过了愚蠢
主宰命运的手
无须自摇

如痴如醉的迷失
懒散地躺在鞭子上
像软弱无力的哭泣
接受自虐

六

这真是疯狂
但又有谁
能坦认
这就是自己的写照

时间
依然会永不停顿地飞奔

过去、现在、将来
人依然还是人

能够躲避时光的消磨
死神的命运无法逃脱
该起锚了,我的同类
活着,命定你该奔波

时光

一

时光如水
在生命的年轮上旋转

漫无目的
又无处不刻意

似乎永在流连
但却无时不在中断

二

时光是长翅膀的云
与沉浮同枕眠

太阳穿着它的鞋
悄然从每个人的头上踏过

没有遵循的方向
它离去的地方是死亡

三

我的生命
是一枚小小的年轮
时光垂落在上面
留下永久的斑痕

这斑痕
是时光的印证

沉默
深刻在它的上面

没有穿越时光的天使
天空飘来日光的雨
降落
降落是它的命运

四

不可逾越的时光
依序排列在年轮上
往事的浓荫
沉睡在岸旁

捕捉风的网罗
张开无形的翅膀
逃窜的虚无
闪着清澈的光

迷失的脚步
迷失在自己的刻意中
空洞
注定了无痕

五

时光如大海
生生不息的涛声
隐匿镶嵌它的胸怀
不可测度的乾坤

悲伤
无处不可度量

我的灵魂

我的灵魂

六

黑暗是时光的盟友
它的笑声狰狞
它的面目纯真

永恒只在瞬间
人只能依序匆匆

无数的冷却
由此奔腾

七

时光
是一只
多翅的鸟
充满着诱惑

诱惑之后

便是消亡

阳光
沿灰白的堤岸攀升

这是新一轮的填充在空虚

八

冰一样发蓝的水
并不能把时光冻僵
沉睡的云
依然在空中荡漾

时光
是一只双栖的鱼

无数的障碍都只是设想

九

沿着时光的脚步追踪
夜的翅膀
轻轻地就将努力遗忘

我看见流逝的水
翻卷着波浪

无声的悲叹

十

时光如水
从有限的知觉中流出
奔向无限

它把命运抛弃
它把希望挽留

沉默的水中有它的祝福

十一

时光
这永恒的年轮
它抵抗死亡
又同它结盟

在它的上面
是死亡之花在鲜艳

在它的下面
是燃烧的尘土在飞扬

十二

时光
就是永不消失的怀念

一切来去匆匆的身影
都将在它的里面长眠

飘雪飞过昭明台的檐角……

飘雪飞过昭明台的檐角
落在它脚下小姑娘的头发上
她痴呆地注视着铺在面前的求告
校徽证明她并不是为了乞讨

肤色苍白的小姑娘
在寒风中屈辱地颤抖
为了支付明年的学费
必须忍辱负重

谁让她感到耻辱
路人,还是自己
仰望川流不息的人流
时间模糊地打湿了她的空纸盒

她们是骗子
甘愿跪在雪地上挨冻
这真是给我们抹黑
过路的人掩饰不住自己的愤怒

为了纯洁作我的牧歌……

为了纯洁作我的牧歌
我愿躺在雪原
让寒风吹过我的头发
雪花为邻,永远聆听
纯洁的翻飞起降

我将在这不倦的运动中
引吭高歌它的芬芳
为了纯洁作我的墓园
我愿承受冷漠

透过层层阻隔
遥看群星疲惫地闪烁
那涌向碧空的明月
以洪水般的银辉倾泻
我愿接受它的淹没

如同隆冬不可避免的来临
芳春、仲夏、清秋迅速地交替

无数个梦想从此生长
如同无法关闭的雨

我愿在飘雪的寒梦里
依恋洁白绒花的导引
无论低地沟涧
无处不留下依恋
愿不平深埋在我的身躯下面

这无与伦比的心愿
不是飘飞的纸钱
我愿天空不是变幻的脸
时间消失了,我的生命依然在里面

我们不是缺乏智慧……

我们不是缺乏智慧
而是嘈杂的声浪
窒息了我们的幻念
有待开发的思维
退避在无法接壤的死角

有一种声息
无时不在招邀
我们倾听
一个说：你买不买
另一个说：你卖不卖

日子在岁月里留下年轮……

日子在岁月里留下年轮
你的节奏，我的节奏，相逢在风中

雨打湿心田，思绪
如春潮纷涌；雷灌满
我的灵魂，你将我淹没

小鸟悄然停落，我们的视线
集中于一点，声息以沉默相许
沿着宁静，立于枝头，它的羽毛
这色彩的天使在我们的注视里鲜艳

当飘雪纷纷落下，这神奇的白色精灵
从遥远的天际莅临，像是道别的早安
长出翅膀，相约在天地间沉沦

假若幸福也像它一样
谁是因，谁是果；寒风抵御着冷漠

时光,你这无法触摸的魔幻之物……

时光,你这无法触摸的魔幻之物
越过幽谷,越过云海,越过重霄
越过地球,越过月球,飞向太空

飞吧,越过我们的灵魂
在精神之旅中流动
我们最终在你的里面长眠

让我的灵魂在你的飞越中上升
荡涤尘世的污泥浊水
我的精神沐浴你的飞腾

宛如你腾飞的无形翅膀
我的精神充溢在你奋进的光芒之中
超脱地清点世间的荣辱

墓

幽暗的黄昏摇着霜枝
字迹在遗忘中模糊
映着残阳的松叶
抚慰着烈士的遗骨

火热的征途，那些杀戮
已随战旗的凝固沉寂
消失吧，这是最后的一幕
但愿是永远的结束

像风吹过干草……

像风吹过干草
充塞的寒气
无形中浸入灵魂

跨过死亡
迷路的孩子
在惊恐中哭泣

愿望是梦幻的君王
眼睛里破碎的光
展现成万花筒

这混合着
无限延伸的美丽
时刻在克隆里诱惑

别走近
这伪装的花饰
风依然在吹动

坚硬如骨,敲击铮铮有声……

坚硬如骨,敲击铮铮有声
千年似乎不变
刻上名字欲不朽
字迹在风中
却毫不知觉地模糊

在看不见初识的深处
那敲击时闪现的火花
像灼伤的疼痛
烙下深深的印痕

落在阳光里
这栖居的冰冷
透着温暖的酷寒

谁说石头不开花
那绿油油的苔丝赫然匍匐

硬是软的恢复

燃烧，吐蕊……

燃烧，吐蕊
在激情中绽放而后凋零
这唯美的一生
穿过岁月的潮涨潮落
从遥远到远望
真实的鲜艳和真实的枯萎
交相成互动的节奏
这命定的开启
在网罗里飘浮着
游上水面
伏向水中
沉入水底
彻底的经历
在动荡中互为重生

来来往往的魅力
枯荣为镜
这融冻里的平衡
摇晃在循环中

似乎命定……

似乎命定
必将同行
在空空如夜的房子里
想像着如何与你熟悉

在未经触动的窗前
轻风不停地抚摸着

你推动手柄

钥匙像是获得感应
在室内的孤独里弹跳
隐没在夜色里的光
从窗帘的一角闪耀

这是茉莉盛开的季节
田野里穿梭着采茶女

摘剩的残梗,吐露着遗忘

花朵从一株巨大的枝杈上开启
丝绸状的花瓣俯身散发出清香
一团蜜汁的乌云
顷刻下垂

灿烂繁星，掩映在万家灯火的……

灿烂繁星，掩映在万家灯火的辉煌之中
闪烁的明亮，在目极之外发光
独自仰望，燃烧的星辰啊
那么遥远，仿佛思念，深不可及

这喧嚣的世界，利欲纷飞的尘烟
似乎扶摇直上，盛满星空
然而日光轻松地
就把它抹光

无论是明星，黯淡之辰
无论是闪耀之火，模糊之光
小而忧伤的天地
瞬间消亡

六个音节的组诗

一

风吹动着季节的声音
月光轻柔地栖息在它的上面

在你的眼前
我年轻有力

在你的背后
岁月悄然把我的容颜改变

二

我呼吸的声音
在大地上挂满梦

绿色的森林
喷泉般炫耀着快乐

然而贪欲
轻松地就将它消亡

三

像躲在墙角的蝉鸣
岁月如烟

那些充满秋收的谷仓
顷刻被风淹没

打满精致蝴蝶结的草树
静静地结着霜

四

不要让梦走开
尽管离去的路很短、很短

别理睬
盘旋的污云

渴望
就命定了艰辛

五

毫无遮挡的天空
时间呼啸而过

这年轻而古老的声音
迅速穿梭

谁是我们的永恒
我们的永恒在何处

六

宁可风风雨雨生生死死
也不愿虚伪着永恒

我的名字和我的信念
愿它们与我的灵魂同时睁开

向着命运
我仰起头,欣然承受

花与暴力（油画） 谭冬

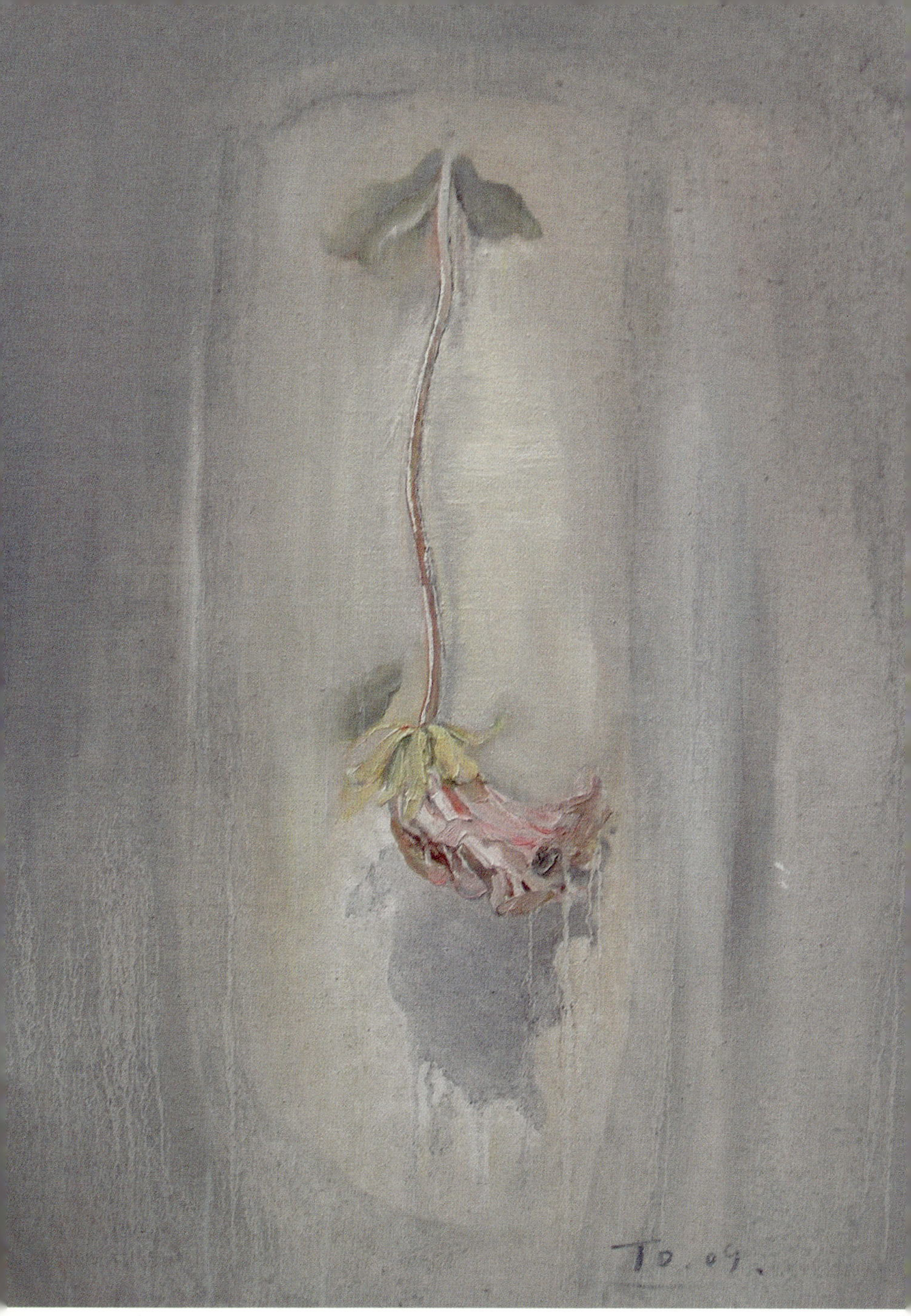

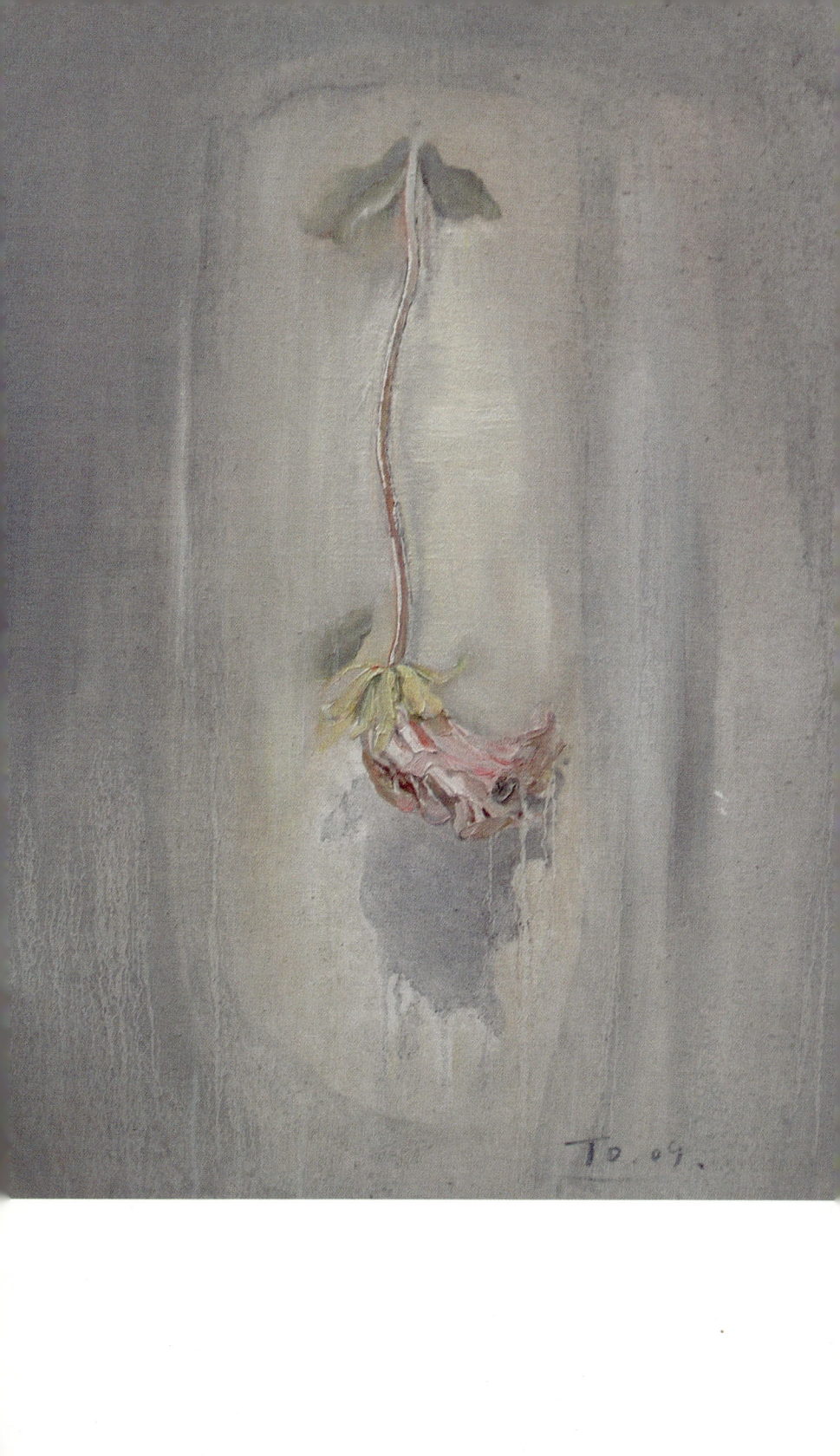

卷八

感悟

一

与时间赛跑的,是生命。

你数清了你所爱的人的头发,你却未必能理清她的思想。

没有任何信心能取悦自己,除非你学会放弃。

什么是自己的命运,抬头看一看天,哪里没有带雨的云?

而最后我们仍将被拯救孤独的言语所迷惑。

二

年轻,我们感到时间不会停止,即使狂风践踏着日子,我们仍自豪有许多的时日。

三

有理想,我们倍感坚强。其实,在前进的道路上,并没有标明要走过多少坎坷,路途上才不会有荒凉。

四

离开,还能够再回来,所以感伤的情绪始终徘徊在门外。

五

生活是一张无形的网,疼痛流动其中。

一切似乎漫不经心,生活的巨浪时时都在汹涌。

六

不被淋湿的雨弄伤,才能够享受露水的清凉。

状态

一

摇晃着的岁月,用无记忆的步履以一丝不乱的调子铺展开来。

无法知晓的隔膜,像永恒的节奏,进行着永无休止的孵化。

成熟的果实在季节的拐角处丰收,因为卵期无法超越。

经过南北回归线的运照,岁月的石块坚硬而冷酷。

从何处来
到何处去
准确的答案
却充满谬误

二

痛苦的视角，在无法固定的固定处牢固，时间的利剑仿佛两条平行的铁轨；你在左边，它在右边；你在里面，它在外面，一句无法说出的遗言，在无声的沉默处打开。

或许这就是时间的胸怀；荆棘处，肌肤偏偏将它频频光顾。

直到黎明
直到黄昏
直到明白
等待只能是等待

三

你在歌唱？

在水花激荡的人海的寂寞处，毫无顾忌地展示着病态的歌喉；这是一支释放自己的流亡曲，欢快的节拍击打着自己的隐痛。

心事爬上金色的麦秆，浣纱女的笑声在无助中飘荡。

什么是有序的开始
什么又是无序的结束

四

真实向谁招手?

虚构的思虑,非常真切地构图,招摇在流行的街头,成为青春的偶像。

狂热膜拜的手,接过涂鸦的签名,像鬼符一样的气息,灼伤毫无知觉的灵魂。

多少愚昧
送上自己的操守
赤裸裸的惨痛
毫不犹豫地接受

五

什么是绝境?

在鲜绿的夏日黄昏,萤火虫打开夜的翅膀,微风像是成熟的思想,低沉地微微荡漾。

看护过伟大的玫瑰,鬼火般神圣地登场,于是信念,醉醺醺地同它倾诉衷肠。

百叶窗上,荧光和鬼火交相辉映,看似清醒的美丽,在熟透的桑榼里散发着沉睡的酒香,于是紧闭的门扉,都纷纷开启。

一个个网罗
捕向陶醉的灵魂

六

幸福的棕榈树,煽动巨大的臂膀,红色的花粉,纷纷在金色的祭坛上张扬。

摇头丸像深色的玫瑰,光裸的犬齿,痛快地刺入肌肤。

忧愁没有施展痛苦的地方
假寐的睡眠沉入忘乡

禅语

一

理想，不眠的幽灵，像梦境在广漠的壮丽中招引，俨然君王，在浩渺神奇的晨曦中以女神青睐般的招邀，击垮睡眠，像饮鸩止渴的倦鸟，翻飞在镶满藤饰花纹的祭坛上，随时准备领受它的敕谕。

明知苦涩
仍启动

我见过诱惑时的微笑，没见过诱惑后的怜悯；送葬玫瑰的队伍里，伪善像屠宰后的忏悔，祈求的是它自己的安慰。

虚空的甜言蜜语，即便是对枯死的玫瑰，也不放弃榨取它最后的芳菲。

二

命运不屈服于哭泣,再多的感激,也不会添加赐予。

感动,更多的不是出于赞美。

在忧愁的大树下,幼嫩的忘忧草只能够静静地低垂。

三

梦幻在梦的梦里幻影,悔悟在悔的悔中悟空。持花的女巫,坐在禅床上,俨然把灵魂看护,大把大把的钞票,怎么也塞不满她的功德库。

智慧在禅悟里,确实可以把欲望满足,在世人不能领受的境界里,这一切得来得真是轻松。

有几个被蒙骗者
愿意承认自己受到了愚弄

四

赞美啊,谁都喜欢被颂扬包围。
表功邀宴,有几人诚心推拒?

权势在内心的请愿中,始终占据丰碑,躬身倾向它的荣耀,谁会推诿。

五

再长的寿身,也要向土里回归,揉合在泥土中的躯体,谁能证明自己更为尊贵。

黑漆漆的孤枕边,安放着枯萎的玫瑰,它的芳菲,有谁能够在目极之外回味。

令我惊奇,神秘总在蒙蔽里安睡;殷勤是贪欲的主人,矜持在得手后分外地冷酷。

六

语言不负载实体,比膨胀的球体还要伟大,藉着所谓意象的暗示,不用费心地就可能把你蒙蔽。

思想是思考的敌人

在文字的游戏中,神秘总是扮演造物主,膜拜的贡奉,总说自己是空。

节奏

一

心灵,将不朽置于其中,宛如大海将荣耀归于狂涛;苍天显示威力,没有太阳的明丽,一切都如泡影。

呼唤彼岸
不如泅渡

拟定了无数的构想,无力挥动,只是将蓝图招摇;粉墨登场的厮杀,只能博得看客讥讽般的憨笑,满足于瞬间愚蠢稚幼的好奇。

我们更多的时候是在梦中之城徘徊,隐隐是矛戟互动的姿态,驻足欲望的死唇。

记忆无足轻重,征兆在探寻里醒来。

彼岸的风声注定了永恒的吸引,在时间的上端,没有不被相连的燃点,从大势间中断。

二

最繁华之地,聚集的是寂寞;陌生拥满喧腾的街市,每一个面目都似乎显出欢乐。

欢腾的寂寞,在时间之水的面上剥开。

笑看人世的悲欢,有几处排除过无奈?

飘散　飘散　在聚集处循环
循环　循环　在聚集处飘散

三

肇事者,在争端的启口,悄悄涂上一层金黄。闪闪的黄金的诱惑,像星星之火燎原;甘受凌辱与秽行的受惑者,在欲火的燃烧中匍匐躬身涌向它的入口。灵魂于是,瞬间荒芜。

没有人能自动地从中清醒,在幻觉中呈现怀疑。无法计数的利益,在激奋里,尊崇般甜蜜,谁会把它放弃。

玫瑰、玫瑰,我的红色欲望,惯于血肉相搏。谁去祭奠它的疆域,万里纷纷遥远,谁能把它的丰厚嫌弃。欲望是广袤无垠的流体,肆意横行。

四

黎明采集荆棘在空中点燃,无遮挡的天空,顿时充满惊喜。

焚化的遗体　散落大地
这是光明的代价

五

孤独,一群意象的小鸟,在找寻洗净眼眸的露水;夜的声音,像滴落的碎石一样响亮。

旺盛的找寻,使心灵融入远方;目极的联系,使它无法顾及;遥远的夸耀,总是感染我们想往的热情,空虚便在我们的眼前着床。

一群星星把光闪烁,宣告自己的荣耀。独行的风,巧妙地从我们的身边穿行,瞬间即逝的抚摸,像爱情一样缥缈。

赤裸,仰卧在自己的思想里,你从何处剥夺它的伪饰。女人摊开

她的心眼,说"这就是秘密",你从何处理智。

不能分析的答案，横在眼前。

六

幸福的陷阱，丰盈、舒适。

那些覆盖过我们头顶的喜悦，在沉迷的水中颤抖。因阳光涨价而拍卖的风，散发着严肃玫瑰的气味！

惊人的真实的造假之物。

丝毫嗅不出顶替原位的座主，挥动着真实的令牌，俨然座主的威仪，惊响着整齐的号令。

不是座主有威力
而是座位有着无限的魅力

七

悲哀，但无法置之脑后。

风的胡须，飘动着记忆，它悄悄地跪倒在成群结队的季节里面。广袤的四季，无止境地在翻开它一页又一页的记载。
蓝色为天空铺平了通向思绪辽阔的道路，一朵激情玫瑰，为上升指引。

低沉　滚入死河
高亢　攀援生路

惯于革命的种子，在狂热中生根，暴力于是飞长，快速地奔向死亡。

八

我们内心的柔情，唤醒我们灵魂的苏醒；活着就必须前进。

让梦在踏着生命节奏的行进中颤栗；不是沉迷其中消沉，就是弃之挺进。

对我们负责的只有我们自己

向弃我的队伍挥鞭，此时的国度，自我是主宰。

枯树也有会说话的时候；
饥饿的火花招引，吸收才能复苏。

注视着你的眼睛……

注视着你的眼睛,那海一样的眼睛,如同星星一般遥远。你的叹息在沉默中,我看清了多少能让我揪心的怀念?

在窗前,在看不见、却能感觉到你的地方,天空像是延伸的春天,每一朵云和每一阵风都在奇迹般地变幻;我是否能永远看清你的脸。

大海的伟岸,令人崇拜,那属于无限包容的色彩,深藏着爱的胸怀;他们从不把不安当作命运,尽管时常也在徘徊。

我要把永恒抓住,尽管它可能是瞬间。但是,亲爱的,你我所拥有的一切,何尝不是永恒中的一瞬。

让我们在永恒的怀抱里,成为它其中的一环,短暂在死亡来临之前,构成永远。

因为逝去的,不可能再回来。

断章

一

生死,是瞬间走向两极的光。一个永恒的谜团,悬在它们之间。

雾的里面,有永恒的真实存在,但目极外的观感,谁能从幻觉中给出答案。

美从智慧处闪亮
赤裸的贫乏
比伪饰的华丽尊贵

二

为需求,人们寻找着通向富足的道路,至终点,灵魂又拷问自己的出处;

思维命定了
我们一生的忙碌

三

风暴折弯我们的步履,选择伪善,将踏上坦途,但愈远愈偏离灵魂的归路。

智慧是智慧的奴隶
理性仍需从情感处找寻

梦的奴隶

心灵是一个易污染的空间，任何色彩都能把它濡染。

在这里，贪婪、欲望、懒惰、一切人之本能，都能沐浴它的光泽，梦幻更易成为它的主宰。

梦中，日光可以拉展为伸缩的意愿，衰弱、疲惫的心可以瞬间亢奋。

一副做梦的样子，诱惑着本能的亵渎；艺术被穿上蒙人的外衣，精心伪装的毒液散发着异性的馨香。

谁能看清它的颜色，它瞬间都在改变。用朦胧装饰它的浅薄和愚蠢，用呓语表白它的奥妙神奇。

我可怜的人啊，我的同类！

就像是听命于强权，我们听命梦引，不自醒，反而沾沾自喜。

箴言

一

生命是时间之流的一种存在,是流动着的永恒。

它代表着死亡,在时间之河无休止的断流中……

这是永动的河流,断流是它运动的节奏。

世界在看似荒谬的表象里呈现,呈现出花一般的迷茫,但它又从没有丧失过它的显性;在表象的形状里隐含着力量,在无常的外貌之中,由外部折射出内心。

生命正是凭借着死亡而永存。

二

人恒定的距离，促使我们需不断地沟通、逾越。

但我们获得更多的是误解，并时常深陷于此，受其困惑。

自身的利益永远存在，索取与支付，就将偏见串连，解脱更多的仅是纱幕。

彻悟了仍是虚空
生存需迷糊

三

不变在循环的永动中，成为转瞬即逝的开始，存在于我们之中，赋予我们灵魂，并承接它的出处。我们一生的努力，似乎都在进行着对它的维护，循环以致无穷。

自我也存在其中，但它的生存，更多地靠"弃我"而容身，因为众我的命定里，显我是众我之的。

我可怜的人之灵魂。

正是这无辜的可怜，无常中，睿智才具有永恒的意义。

迷舟

一

欲望从黎明向前延伸,沐浴着灿烂,何等强烈的力量,向耀眼的光源挺进。

狂热、狂热构成了它的开始。

白茫茫的云海在日光刺目的山上翻滚,这怒涌的云之浪花,层层蠕动的花瓣,俯身冲向理想。这无主的沉浮之力,巨大得足以把群山万壑淹没。

二

我曾看见它从玫瑰色,迅速滑向苍白。

天风怒吼,气喘吁吁的大地,惊慌失措地逃窜;掀翻的生命之舟,在瘦骨嶙峋的山涧碎裂。

这是欲望最初的沉浮。

三

我看见光芒四射的原野,白骨蔽野,精心伪饰的色彩,只能在细细的沉思中,发现它隐秘的腐败。

生长着针茅、鸣虫的欲望之路,游蛇遍地;随风起伏的飞沙走石,在烈日的曝晒下闪光,像精心伪装的革命理想,召唤着欲望。

理想于是急急忙忙地开花,在迷糊中授粉播香;急促短暂的梦幻,就这样迅速地完结了它的爱情。

这大地龟裂的浪漫黄昏!

四

滂沱的大雨,冲刷大地,但无力挽留的生命之水,依然干涸在激流涌进的迅疾中。

欲望宛似狂潮,在风日的搏动下,一步一步地走向尘沙覆盖的欲海。

我的灵魂，你在其中看到了什么？

无数的海市蜃楼，迷醉在即将弥留的躯壳。

于是我熟悉的夜晚，又像一颗璀璨的明珠从永远也无法触摸的天边逐渐降临，冉冉地似天光的阴暗，缓缓地流行。

新一轮的诱惑，又将启程。

桃之妖 IIII（油画） 谭冬

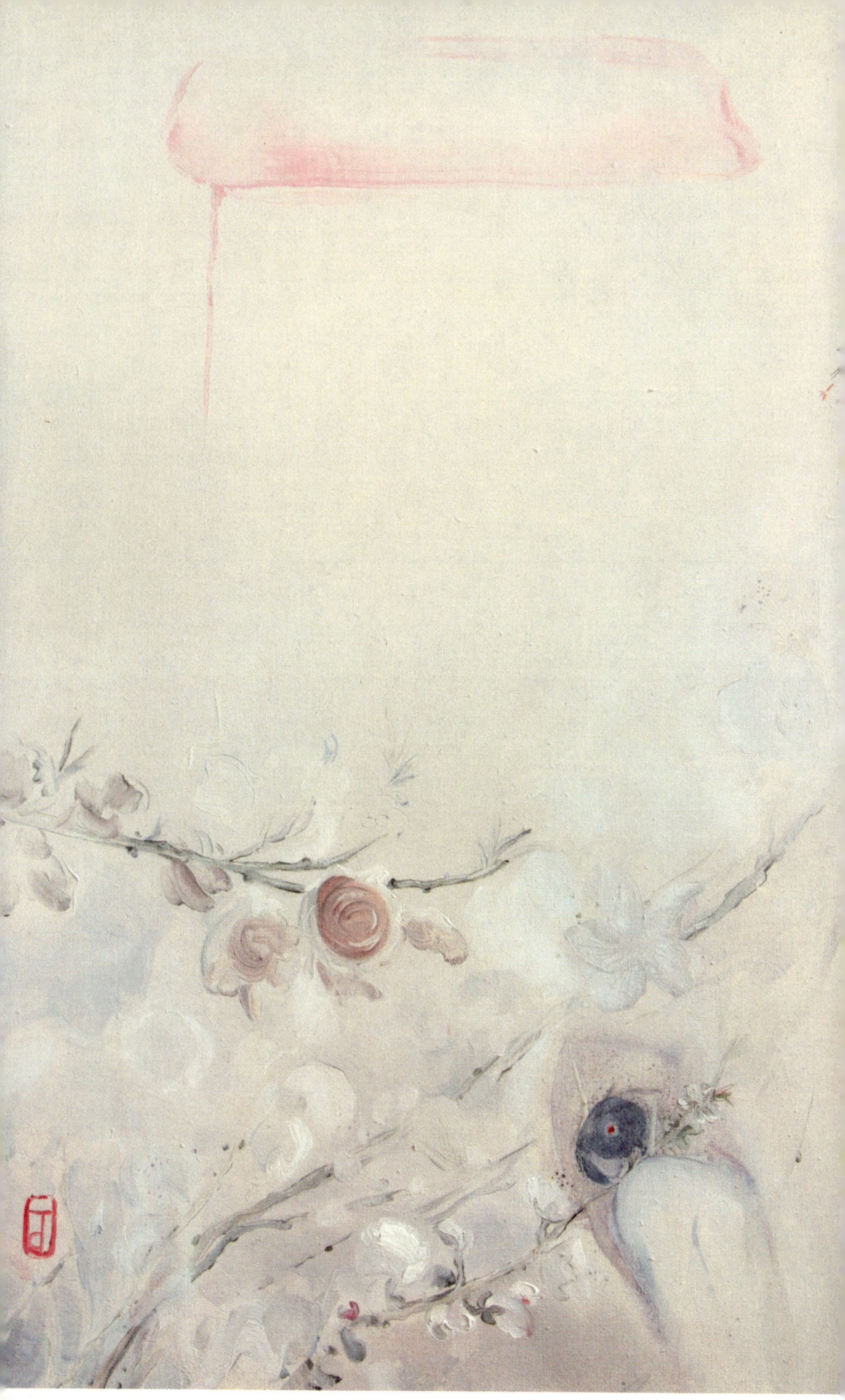

卷九

襄河之波在逝水中缓缓漂过……

襄河之波在逝水中缓缓漂过
消失的岁月应当追忆么

两岸的绿草在发芽,垃圾也在长大
无言的襄河惟有沉默

在遥远的星光下
夜色像是久远的寂寞

注视着即将浑浊的襄河
夜色加深着它的空阔

比逝水消失得更快的
是河里的浪波

谁还在无人赞赏的地方
坚守着自己的承诺

谁依旧在化妆的年代

保持着一个真实的我

月亮从灵魂的上空升起
照亮襄河之波，也照亮遥远的荒漠

春天的襄江……

春天的襄江
柳絮漂在清澈的水上

沉积的河沙
似边饰
镶嵌在水草纷纷的水中

仰视上苍的清波
在渐渐断流的河床忧郁
像是沉重的双脚
承受着浮起

陷落的峰谷
在旋转的波涌中沉没
像是在哭泣
别理会我的消失
对喧嚣我已深深地厌倦

静躺着

静躺着
时间的手
将我紧紧地抓住
爱情在坟墓里
它已困倦

这是命运的赐予
我的爱，它在潮湿的季节里发霉
漆黑的长发
在稀疏的飘动中沉沦
你不会爱我
但我依然会在仰望中
将你关爱

汉水

带着山谷的体温
你一往无前
万千溪流
汇集

辞别
山涧碎石
越过
沉重的峭壁巉岩

急速奔流
拍打着风
平静如镜
细吻轻舟

两岸的灯光月影
倾听你的温柔
时光紧跟你
在流转中

流吧
忘掉挽留
把不悦冲走
和着风的节奏

不要因为夜的乞求
放慢你的脚步
光阴一瞬
其实就是你的全部

良宵会成为泡影
只有不止地奔流
茫无所终的光阴
才会尽显人生的壮丽

我们在时间上面刻意留下痕迹
时光轻柔地就将它抹去
永恒只是乌有
它将瞬间改变

沉默不会使你平静
时光从来都没有赐予过不老的容颜
青春
鲜艳在运动中

美丽的水波
留下美丽
愿你不要被世俗的浊泥污水浸染

轻柔地永恒

像是对岸的挽留
愿叹息的风
能够自由地表白
我们都彼此相爱

伞

一

世界像飘动的银色
在朝阳里闪耀
此刻
此刻大地仿佛在叹息

在被日子压弯的桥下
岁月把自己的阴影展开

早已断流的溪谷
在无法荒芜的水泥板下
在寂静的
在寂静的无法复原的恐惧里冰冷

二

朝霞在红日的鼓动里升起
被污染的浊水在汉江里汩汩地喘息
丢掉它最初的光艳
嗥叫着冲向大地

白雪纷飞
形成无情的幽谷

饥饿在石头里呻吟

然后迫使人们回答
生存还是死去

对无休止的绝望
太阳也无力拯救
生存在毁灭里
毁灭在生存中

三

太阳仍在乌云里一步步攀升
那永恒悄然变更的节奏
像咬嚼大地的惨痛
在无边地循环

面对死亡
只有天空在微笑

似乎也有英雄的颜色闪现

但是在无法消磨的时光里
这只能算是悲壮

像肺腑被尖刀穿刺
瞬间
就冻结了永恒
这无法弥补的创痛

四

此刻微风占据了灵魂,像是苏醒
在烧焦了的皇宫上面,聚精会神地倾听

但是无法再听到那最后的一声惨叫
整个世界都没有克隆过这一瞬

记忆在人的灵魂里面凝结

痛苦的印痕
像反复背诵的经典历久弥新

一切都会在瞬间发生

就像是命定的分离

五

太阳在空中
标榜着它的无所不能
但是离去
离去它又将归向哪里

光明像是永无止息的欢庆
但是罪恶却在它的庇荫里行动

这空虚的肉体的命运

没有惊讶
这已不是悲叹

摸一摸雪——一个象征的亲切
但是没有人知道这就是它消失的原因
多少阴谋
都是这样开始

六

汉水滚滚而下

像是久远的记忆在回响
融化了的雪水的冲刷
并没有让它遗忘诞生的地方

它的使命
只有向前

泥沙也好，淤污也罢
都不能改变

无法摆脱的命运
多少分子乘机加入
似乎它的浩瀚是一种包容
但是只有它自己能深悟其中的无奈

七

风在猛扑
雪在寒霜中寻找避难所
吼叫中
大地在喘息

寂寞抓住人的灵魂
它在倾听什么

没有结果

旋转着
旋转着永不停止的阴影的交替

带着人海似的轰响
风——永不止的风
在悄悄地转移
向着神秘的方向

大地

在你的上方
是无休止的风云在交替着雨雪
在你的下面
是根的枯荣在循环

在它们之间
是你和我
是呼吸的节奏
在旋转

你也有愤怒的时候
但最终
是我在你的里面
长眠

生命的最终只是一束花（油画） 谭冬

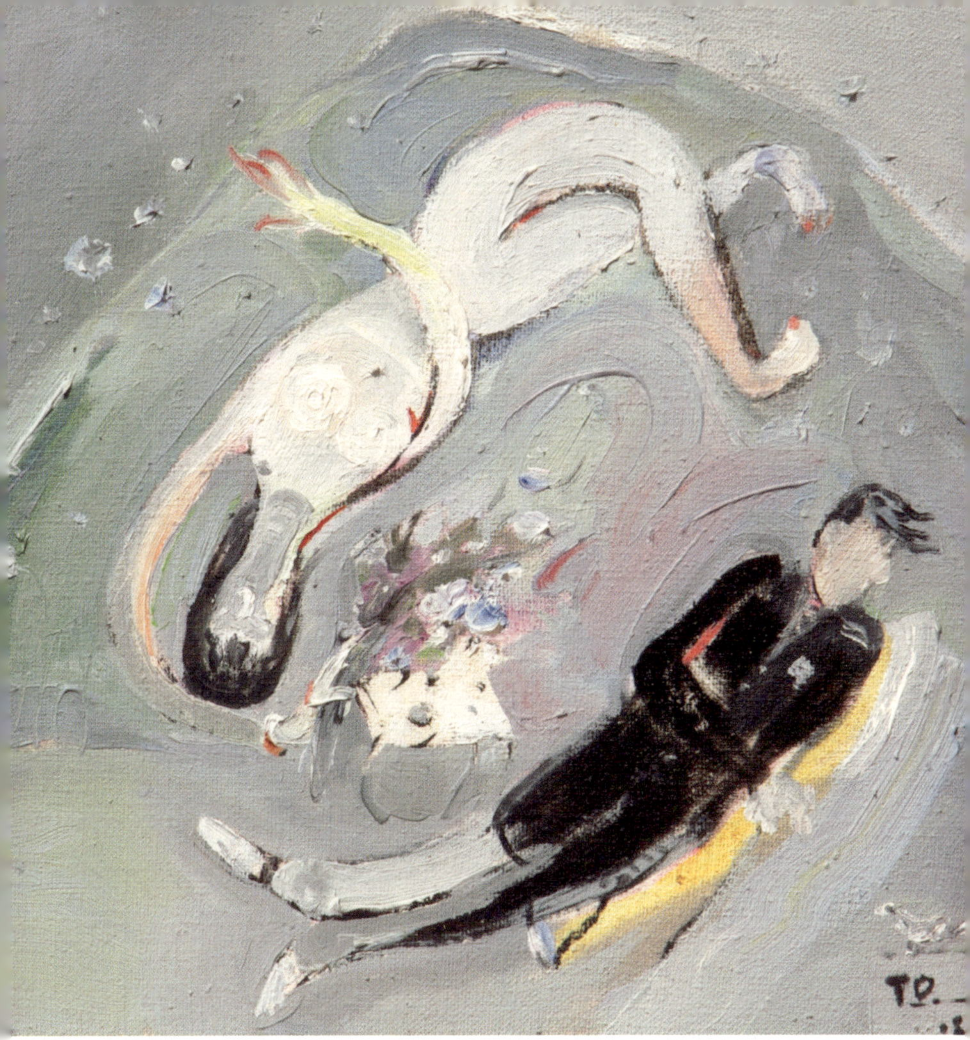

跋

跋

几场暴雨过后，夏天就这样过去了，尽管余温依然可触，但它的确是过去了。

没有人能体会，这逝去的一年，我所经受的身心的苦难。编辑建议将这本诗集命名为《夏日的挽歌》，我谢绝了。这一年，这个夏季，不是单纯用"挽歌"一词，就能表述的。尽管我刚译完《墓畔挽歌》，那挽歌的情调，恰似我此刻的心境，但我依然不能用它来命名。

诗是什么？

虽然我已经出版了 50 部诗集，论诗语录撰写了无数条，但这个疑问，依然会时常闪现，逼迫我作出新的回答。

我们来到这个世界，诞生、生长、成熟、衰老，然后死去；我们索取、奉献、奉献、索取

我们似乎来自无形，归于无踪，然而我们又无时不在闪现留痕。大地没有留下我们的影子，但我们的确从中走过。

诗就是这个世界的真实存在！

虚伪是它的天敌！

就像这消逝的一年，涅槃般地轮回着，在身心俱疲中考验着。

放弃，还是努力，如不断交替的双臂，在自然的节律中起伏。

我在身心俱疲中编订这部诗集，它其实是一种告别。

诗不能与真实的存在割裂，诗从它诞生之日起，就从没有真正的虚幻过。

我们不能为了写诗而写诗，诗不是我们对生活的放弃，相反，应该是更为深入地投入。

诗如果不能对你的生活注入活力，不能彰显你的生命，要它何益？

在纷繁嘈杂的生活中，在生死相依的生命里，无情比无神更为可怕，无归比无依更为虚空。

我们一生的努力，何尝不是一种寻觅，一种皈依！

在这涅槃的一年里，我更多的体味是：何者为爱？何者为诗？

归结为一句：诗就是爱！

何者为爱就是对诗的终极回答。

寻觅、感悟；感悟、寻觅

这个答案就写在我们每个人的生命履历之中。

我的答案在哪里？

这就是我在本书里想回答的，尽管我知道这不是我的最终答案。

第 1 版草于 2010 年 9 月 1 日秋雨悄至日

第 2 版改于 2011 年 3 月 1 日生日

再改于 2012 年 5 月 4 日

每次加印，我都竭尽心力剔除掉陈词赘语，尽管我深知诗的灵魂不在词表，但思想与情感的表达仍需词象呈现。真正的诗一定是形式与内容的完美结合，互为共生，并且形式一定天然地成为它内容表达的一部分。

思想与情感的高度决定作品完美的程度，而不是脱离内容的形式彰显它的巧智小慧。

草于 2012 年 6 月 12 日深夜

图书在版编目（CIP）数据

文爱艺诗集 / 文爱艺著 . —北京：作家出版社，2011.6
（2012.8 重印）
ISBN 978-7-5063-5825-5

Ⅰ.①文… Ⅱ.①文… Ⅲ.①诗歌－作品集－中国－当代
Ⅳ.① I227

中国版本图书馆 CIP 数据核字（2011）第 059744 号

文爱艺诗集

作者：文爱艺
责任编辑：贺平
书籍设计：刘晓翔 + 高文
出版发行：作家出版社
社址：北京农展馆南里 10 号
邮码：100125
电话传真：86-10-65930756（出版发行部） 86-10-65004079（总编室）86-10-65015116（邮购部）
E-mail: zuojia@zuojia.net.cn　http://www.haozuojia.com（作家在线）
印刷：北京华联印刷有限公司
成品尺寸：138×228
字数：200 千
印张：11　插页：4　彩色插图：11 幅
版次：2011 年 6 月第 1 版
印次：2012 年 8 月第 2 次印刷
ISBN 978-7-5063-5825-5
定价：48.00 元（精）

本书荣获：2011年"中国最美的书"
**　　　　　2012年"世界最美的书"**

作家版图书，版权所有，侵权必究。// 作家版图书，印装错误可随时退换。

ISBN 978-7-5063-5825-5